W0208389

# Inhaltsverzeichnis

**TIPP**

Besorge dir für dieses Buch ein eigenes Übungsheft. In dieses Heft schreibst du jedes Fehlerwort noch einmal ein und verwendest es in einem Satz. Zum Beispiel:

*enttäuscht* → *Die Mannschaft war sehr enttäuscht, weil sie das Spiel verloren hatte.*

Je öfter du ein Wort mit der Hand selbst schreibst und es in einem Satz verwendest, desto besser wirst du dir dieses Wort merken. Du wirst sehen, dass du dann diese Wörter „automatisch" richtig schreibst, und nicht mehr so viel nachdenken musst.

# s-Schreibung

## A Drei Grundregeln für die s-Schreibung

Du kennst schon die **die drei Grundregeln** für die Schreibung des s-Lautes:

**REGEL**

1 Das **s** kann sowohl **nach einem kurz als auch nach einem lang gesprochenen Vokal** stehen. Am **Wortanfang** kommt immer **nur s** vor. Es wird als einziges s **stimmhaft** („**summend**" = „**Bienen-s**") ausgesprochen. Nur wenn ein **Konsonant** folgt, klingt es stimmlos („zischend"):
*Suche, Haus, Hase; Kiste, hastig, Ast*

2 Das **ss** kommt **nach** einem **kurz und betont gesprochenen Vokal** vor. Es wird **stimmlos** („**zischend**" = **„Schlangen-s"**) gesprochen.
*küssen, bissig, fassen*

3 Das **ß** kommt nach einem **lang gesprochenen Vokal und nach Zwielauten** vor. Es wird ebenfalls **stimmlos** („**zischend**") gesprochen.
*außen, Fuß, süß*



**1** *
Welche Wörter mit „s" verstecken sich hier? Schreibe sie richtig auf die Zeilen. Schreibe dann zwei Sätze auf die Zeilen unten verwende dabei möglichst viele dieser Wörter.

| | | | | | |
|---|---|---|---|---|---|
| gstAn | Angst | lensteh | ______ | tigdurs | ______ |
| lasAt | ______ | seEch | ______ | rierDinosau | ______ |
| stOb | ______ | nster | ______ | rendiskutie | ______ |
| ubSta | ______ | chenste | ______ | nisErgeb | ______ |
| tigläs | ______ | losend | ______ | renrasie | ______ |
| tieBes | ______ | esfi | ______ | rendfaszinie | ______ |
| bsKre | ______ | stFri | ______ | seGäm | ______ |
| tisgra | ______ | densen | ______ | senbewei | ______ |
| neKusi | ______ | keMas | ______ | gramGries | ______ |

______________________________________________

______________________________________________

**2** *

**Welche Wörter mit „ss" verstecken sich hier? Schreibe sie richtig auf die Zeilen. Schreibe dann zwei Sätze auf die Zeilen unten verwende dabei möglichst viele dieser Wörter.**

| | | | | | |
|---|---|---|---|---|---|
| sigbis | *bissig* | seGas | ______ | sivaggres | ______ |
| signus | ______ | senpres | ______ | schlussEnt | ______ |
| senlas | ______ | tischEss | ______ | senvermis | ______ |
| selFes | ______ | assAnl | ______ | slichverges | ______ |
| senpas | ______ | senfas | ______ | trauischmiss | ______ |
| seRas | ______ | zessPro | ______ | gierPassa | ______ |
| ssna | ______ | ssSchlu | ______ | lichunerläss | ______ |
| senwis | ______ | seMas | ______ | serVerfas | ______ |
| serWas | ______ | senküs | ______ | wissunge | ______ |
| ssFa | ______ | selSchlüs | ______ | seinBewusst | ______ |

______________________________________

______________________________________

**3** *

**Welche Wörter mit „ß" verstecken sich hier? Schreibe sie richtig auf die Zeilen. Schreibe dann zwei Sätze auf die Zeilen unten verwende dabei möglichst viele dieser Wörter.**

| | | | | | |
|---|---|---|---|---|---|
| eißSchw | *Schweiß* | lichäußer | ______ | ßengie | ______ |
| ßsü | ______ | ballFuß | ______ | ßengenie | ______ |
| ßRu | ______ | ßSto | ______ | ßigmä | ______ |
| aßSp | ______ | ßeSo | ______ | schoßErdge | ______ |
| ßenau | ______ | außStr | ______ | ßengrü | ______ |
| ßenrei | ______ | ßblo | ______ | ßenflie | ______ |
| ßigdrei | ______ | ßhei | ______ | ßenbü | ______ |
| ßeGrö | ______ | ßenhei | ______ | ßenverdrie | ______ |
| ßFlo | ______ | ßigflei | ______ | äßiggefr | ______ |
| ßGei | ______ | ßwei | ______ | kanneGieß | ______ |

______________________________________

______________________________________

**4** ✱✱ Finde ein Wort mit der gegenteiligen Bedeutung. Wenn du nicht weiterweißt: Die Wörter aus der Übung 1 helfen dir.

| | |
|---|---|
| Mut: ______ | zu bezahlen: ______ |
| fad: ______ | sanftes Tier: ______ |
| lieb: ______ | fröhliche Person: ______ |

**5** ✱✱ Finde ein Wort mit der gegenteiligen Bedeutung. Wenn du nicht weiterweißt: Die Wörter aus der Übung 2 helfen dir.

| | |
|---|---|
| sanftmütig: ______ | Anfang: ______ |
| vertrauensvoll: ______ | trocken: ______ |
| sicher: ______ | merkfähig: ______ |

**6** ✱✱ Finde ein Wort mit der gegenteiligen Bedeutung. Wenn du nicht weiterweißt: Die Wörter aus der Übung 3 helfen dir.

| | |
|---|---|
| innerlich: ______ | schwarz: ______ |
| Qual: ______ | sauer: ______ |
| kalt: ______ | faul: ______ |

**7** ✱ In der rechten Spalte sind neun Wörter anders formuliert als in der linken. Finde die weiteren acht Unterschiede und markiere sie mit Farbe.

| | |
|---|---|
| Schweiß ▪ äußerlich ▪ Rasierer ▪ Masse ▪ süßen ▪ Fessel ▪ Gießkanne ▪ Erdgeschoß ▪ misstrauisch ▪ passen ▪ vermissen ▪ diskutieren ▪ Griesgram ▪ ernst ▪ gratis ▪ Fußballtor ▪ Gämse ▪ stechen ▪ Ergebnis ▪ Frist ▪ fies ▪ genießen ▪ aggressiv ▪ durstig ▪ Stoß ▪ mäßig ▪ Spaß ▪ Soße ▪ bissig ▪ heiß ▪ Bewusstsein ▪ Entschluss ▪ pressen ▪ Angst ▪ stehlen ▪ lassen ▪ Esstisch ▪ Bestie ▪ Krebs ▪ fassen ▪ Passagier ▪ Flussbett ▪ fließen ▪ dreißig ▪ Atlas ▪ Dinosaurier ▪ büßen ▪ Floß ▪ Prozess ▪ heißen ▪ Größe ▪ Rasse ▪ Rasen ▪ weiß ▪ Strauß ▪ Wiese ▪ fleißig ▪ geistreich ▪ lästig ▪ faszinierend ▪ Echse ▪ senden ▪ Ruß | Schweiß ▪ äußerlich ▪ Rasierer ▪ Masse ▪ süß ▪ Fessel ▪ Gießkanne ▪ Erdgeschoß ▪ misstrauen ▪ passen ▪ vermissen ▪ diskutieren ▪ Griesgram ▪ ernst ▪ gratis ▪ Fußballfan ▪ Gämse ▪ stechen ▪ Ergebnis ▪ Frist ▪ fies ▪ genießen ▪ aggressiv ▪ Durst ▪ Stoß ▪ mäßig ▪ Spaß ▪ Soße ▪ Biss ▪ heiß ▪ Bewusstsein ▪ Entschluss ▪ pressen ▪ Angst ▪ stehlen ▪ lassen ▪ Esstisch ▪ Bestie ▪ Krebs ▪ Fass ▪ Passagier ▪ Flussbett ▪ fließen ▪ dreißig ▪ Atlas ▪ Dinosaurier ▪ büßen ▪ Floß ▪ Prozess ▪ heißen ▪ groß ▪ Rasse ▪ Rasen ▪ weiß ▪ Strauß ▪ Wiese ▪ fleißig ▪ Geist ▪ Last ▪ faszinierend ▪ Echse ▪ senden ▪ Ruß |

**8** ✱✱ Schreibe die durcheinandergeratenen Sätze richtig auf. Schreibe dann zwei eigene Sätze – versuche darin so viele Wörter wie möglich aus Übung 1 bis 3 einzubauen.

> *Auf haben Leute Platz dem Floß dreißig.*
> *Auf dem Floß haben dreißig Leute Platz.*

1 weiße ist voller Die Ruß Geiß.

2 Soße die Tim maßvoll in Schüssel gießt.

3 das will Geheimnis auch Ich wissen!

4 Freistoß wirklich unfair! war Der

5 Diese selten ist bissig Hunderasse.

6 Ergebnis Das des ist ungewiss Prozesses.

7 Die Rasenfläche riesige gegossen wird regelmäßig.

8 in Ruhe mich bloß Lass!

9 fies Du äußerst warst!

10 das Hast vergessen? du

11 Die mit dem Ball gab dem Fuß aggressiven Stoß Spielerin einen.

**9** ✱ Verwandte Wörter: Ein Wort passt nicht in die Zeile. Streiche es durch.

1 wissen – gewissenhaft – die Wissenschaft – ~~die Wiesenblume~~

2 der Wasserfall – das Gewässer – gewesen – bewässern

3 die Anweisung – der Verweis – ich weiß – beweisen

4 Nässe – das Nashorn – regennass – die Nassrasur

5 der Riss – rissig – riesig – zerrissen

6 ich lasse – verlassen – wir lasen – verlässlich

7 die Reise – verreisen – reiselustig –zerreißen

8 das Eis genießen – ins Taschentuch niesen – der Niesreiz – der Nieser

**10** ✱ Ergänze die verwandten Wörter.

1 Schwei_ß_nass und voller Schwei_____flecken stand ich vor der Klasse.

2 Elena liebt Sü_____speisen und Sü_____igkeiten. Sie sü_____t allerdings immer mit Sü_____stoff.

3 Beim Fallschirmspringen muss man fest an der Rei_____leine rei_____en.

4 Der Entfe_____elungskünstler fe_____elte unsere gesamte Aufmerksamkeit, während er sich von den Fe_____eln befreite.

5 Hast du dich in eurem neuen Hau_____ schon häu_____lich eingerichtet oder fühlst du dich noch nicht zu Hau_____e?

6 Bei der Di_____ku_____ion di_____kutierten alle Di_____ku_____ionsteilnehmerinnen und -teilnehmer mit guten Argumenten.

**ACHTUNG**

**Ändert sich bei „verwandten" Wörtern mit ss oder ß die Länge des Selbstlautes** vor dem s-Laut, **ändert sich** auch die **s-Schreibung**. Achte daher genau auf die **Länge des Vokals** vor dem zischend gesprochenen s-Laut:

- Ist er **kurz**, dann schreibt man ss → *lassen*
- Ist er **lang oder** ein **Zwielaut**, dann schreibt man ß → *ließ*

**11** *

Schreibe die Wörter aus der Box in die richtige Spalte.

~~schießen~~ ▪ ~~der Schuss~~ ▪ ich weiß ▪ wissbegierig ▪ genießbar ▪ genüsslich ▪ die Gießkanne ▪ goss ▪ sprießen ▪ der Spross ▪ zerrissen ▪ zerreißen ▪ die Beißzange ▪ bissfest ▪ das Maßband ▪ die Messung ▪ essen ▪ aß

| kurzer Vokal | langer Vokal |
|---|---|
| *der Schuss* | *schießen* |
| | |
| | |
| | |
| | |
| | |
| | |
| | |
| | |

**12** **

Trage das fehlende Wort in die Tabelle ein. Tipp: Wenn du beim zischenden s-Laut unsicher bist, sprich das Wort laut aus und achte auf die Länge des Vokals!

| Nomen | Verb |
|---|---|
| der Gruß | *grüßen* |
| | beißen |
| der Spross | |
| das Maß | |
| | schießen |
| der Schluss | |
| der Guss | |

**13** **

Bei den unregelmäßigen Verben ändert sich oft die Länge des Vokals und des s-Lauts. Trage richtig ein: ss oder ß? Tipp: Wenn du beim zischenden s-Laut unsicher bist, sprich das Wort laut aus und achte auf die Länge des Vokals!

1 bei_*ß*_en – bi_*ss*_ – gebi_*ss*_en – bei_*ß*_!

2 flie____en – flo____ – geflo____en – flie____!

3 fre____en – fra____ – gefre____en – fri____!

4 gie____en – go____ – gego____en – gie____!

5 rei____en – ri____ – geri____en – rei____!

6 schie____en – scho____ – gescho____en – schie____!

**14** ✱✱ **Ergänze die verwandten Wörter. Tipp: Wenn du beim zischenden s-Laut unsicher bist, sprich das Wort laut aus und achte auf die Länge des Vokals!**

1 Die schu_ss_sichere Weste schützt die Heldin vor den Schü____en der schie____wütigen Bösewichte.

2 Die Verge____lichkeit meines Opas war so weit fortgeschritten, dass er seine Adresse verga____.

3 Mit der Gie____kanne go____ ich reichlich Wasser über die Blumen.

4 Bald darauf entdeckte ich einen frischen, grünen Spro____. Schön, wenn die Pflanzen so üppig sprie____en!

5 Die gesamte Gruppe a____ das indische E____en, wie es der Tradition entspricht, nämlich ohne E____besteck: mit den Fingern und mit Brot.

6 Gibst du mir einen Bi____en von deinem Müsliriegel? – Sehr gern, ich kann ihn ohnehin nicht bei____en, er ist mehr als bi____fest, er ist steinhart!

7 „Wei____t du über die neuesten Erkenntnisse der Wi____enschaft Bescheid?", will meine wi____begierige kleine Schwester wi____en.

8 „Jetzt ist aber Schlu____ mit der Streiterei", ruft der Bademeister, „sonst schlie____e ich die Wasserrutsche!"

9 Pass auf, dass der Ri____ in der Hose nicht weiter aufrei____t!

10 Wo der Flu____ ruhig flie____t, dort kann man ihn mit einem Flo____ überqueren.

11 Ich dachte, dieses Eis wird ein Genu____, aber ich muss sagen, so wirklich genie____bar ist es leider nicht.

**15** ** Trage die Wörter aus der Box richtig ein.

Ergebnis ▪ Ereignisse ▪ ~~Zeugnis~~ ▪ Zirkusse ▪ Erlaubnis ▪ Zirkus ▪ Kenntnisse ▪ Verhältnisse ▪ Erlebnis

1 Mein gutes *Zeugnis* ist das ______________ meiner konsequenten Arbeit!

2 Es war eine turbulente Zeit: Die ______________ überstürzten sich.

3 Elena hat sowohl sehr gute ______________ in ihrer Erstsprache als auch in Deutsch.

4 Dieses Konzert war ein ganz besonderes ______________.

5 Meine Eltern gaben mir die ______________, gemeinsam mit meiner Tante hinzugehen.

6 Ich finde, dass man ______________ verbieten sollte: Die Tiere leiden zu sehr!

7 Ja, Tierleid muss man verhindern. Aber deswegen gleich jeden ______________ zu verbieten, halte ich für übertrieben.

8 Das stimmt vielleicht. Aber die ______________ für die Tiere sind dort meistens sehr schlecht.

**ACHTUNG**

Fremdwörter haben oft keine oder **spezielle Pluralformen**. Manche werden auch nur im Plural verwendet. Lerne sie am besten auswendig.

- der Atlas – die Atla**nten**
- die Galaxis – die Galax**ien**
- die Jeans *(Plural, weil sie zwei Hosenbeine hat)*
- der Kaktus – die Kakt**een**
- die Pommes frites *(französisch: „gebackene Erdäpfel")*
- das/der Virus – die Vir**en**

**16** ✱✱ **Hier fehlt doch was! Ergänze die fehlenden Buchstaben. Die Wörter aus der Achtung-Box auf Seite 12 helfen dir.**

1 Der wertvolle A__l__s ist dreihundert Jahre alt. Er ist der schönste aller A_____a_____en, die ich bisher gesehen habe. Man sieht darin sogar Skizzen von fernen G__l__x__e__, das ist sehr ungewöhnlich!

2 Lena hat sich die neuen J__a__s gekauft, auf die sie sich schon lange gefreut hat.

3 Dieser K__k__u__ hat aber viele Stacheln. Ich mag K_____t_____n nicht sehr.

4 Mmh, hier riecht es nach P__m__es f__i__e__!

5 Ein V__r__s ist ein Krankheitserreger, der einen so genannten „Wirt" zum Überleben braucht. Gegen manche V_______n gibt es Impfungen.

**17** ✱✱✱ **Bei den folgenden Wörtern auf -nis, -is, -us, -as und bei den Fremdwörtern haben sich fünf Fehler eingeschlichen. Finde sie und schreibe die Wörter richtig auf die Zeilen unten.**

Der Trainer hat viel Verständniss für die Mannschaft. Die guten Ergebnisse bei den Spielen haben auch damit zu tun, dass er nicht in einer anderen Galaxis lebt, sondern die Probleme seines Teams versteht. Er kann ein Geheimnis für sich behalten! Manche Menschen verbreiten Geheimnisse ja wie ein Viruss. Dann gibt es einen Zirkus, weil sich jemand beleidigt fühlt und stachelig wie ein Kaktus reagiert. Aber mit Kakten haben wir Menschen eigentlich nicht so viel gemeinsam! Mit viel Glück hilft eine Einladung zu Pommes frit, um das frostige Verhältnis wieder zu entspannen. Zu oft sollte das dann aber nicht passieren, sonst passt keiner der Beteiligten mehr in seine Jean.

_______________________________________________

_______________________________________________

**ACHTUNG**

Wichtige „Verwandtschaften", bei denen du genau schauen musst:

- ***mass***: von Masse (Menge/Gewicht → ***massenhaft***)
- ***maß***: von Maß (messen → ***maßgeschneidert***)
- ***mas***: Silbe, ein Wortbaustein ohne eigene Bedeutung → ***maskieren***

**18** ✱

Trage die Wörter in die richtige Tabellenspalte ein. Schlage Wörter, die du nicht kennst, im Wörterbuch nach.

~~massenhaft~~ ▪ maßvoll ▪ Masern ▪ Maske ▪ Ausmaß ▪ Mast ▪ Maßstab ▪ Massentierhaltung ▪ Maßeinheit ▪ massiv (stark, kräftig) ▪ Mascara ▪ Menschenmasse

| verwandt mit „Masse" | verwandt mit „messen" | Wortbaustein |
|---|---|---|
| *massenhaft* | | |
| | | |
| | | |
| | | |

**19** ✱✱

Trage die Wörter aus der Tabelle richtig im Text ein. Achtung: Ein Wort kommt zweimal vor, weil es zwei verschiedene Bedeutungen haben kann!

1 Früher erkrankten Kinder immer wieder ____*massenhaft*____ an ________________.

2 Der ____________ des Schiffes drohte im Sturm zu zerbrechen.

3 Immer mehr Menschen essen wenig oder kein Fleisch, weil sie die ____________ von Nutztieren und die ________________ nicht fördern wollen.

4 Mit der ________________ über Mund und Nase hätte ich dich fast nicht erkannt!

5 Die Landkarte ist im ________________ 1:25 000 erstellt.

6 In vielen englischsprachigen Ländern ist „Fuß" eine übliche ________________. Ein Fuß entspricht 30,48 Zentimeter.

7 Das ________________ der Zerstörung nach dem Sturm war ________________.

8 Kaufen Sie unseren neuen ________________ für strahlende „Augenblicke"!

9 Beim Kaffeekonsum sollte man ________________ sein.

## B das und dass

**REGEL**

Erinnere dich:

**„das"**

- kann ein **Artikel** sein. **Ersatzwörter**: **„dies"** oder **„dieses"** (Aber nur als Gedankenhilfe, denn dadurch ändert sich die Bedeutung des Satzes.)
  → ***Das** (**Dies / Dieses**) **Haus** ist groß.*
- kann die **Funktion eines Demonstrativpronomens** (hinweisendes Fürwort) übernehmen. **Ersatzwörter**: **„dies / es"** oder **„jene / s"**
  → *Kennst du **das** (**dies**)?*
  → ***Das** (**dies, jenes**) ist ein **Musikinstrument**.*
- kann die **Funktion eines Relativpronomens** (bezügliches Fürwort) übernehmen. **Ersatzwort**: **„welche / s"**
  → *Ich liebe das **T-Shirt**, **das** (**welches**) ich heute trage.*

**„dass"**

ist immer eine **Konjunktion** (**Bindewort**) und kann durch **kein anderes Wort ersetzt** werden.

→ *Ich bin sicher, **dass** er Bescheid weiß.*

→ ***Dass** er Bescheid weiß, da bin ich sicher.*

**TIPP**

Mache die Ersatzprobe! Wenn du **statt „das"** eines der oben genannten **Ersatzwörter (oder „des" im Dialekt)** einsetzen kannst, **dann** schreibst du **nur ein s**.

**20** ✱ Schreibe das passende Ersatzwort aus der Box in die Klammer.

welches ▪ dieses ▪ welches ▪ jenes ▪ ~~Dies~~ ▪ dieses ▪ dies

1 **A:** Das (___Dies___) ist das T-Shirt, das (______________) ich gesucht habe.

**B:** Meinst du das (______________) oder das (______________) hier?

**A:** Keines von beiden, das (______________) dort drüben!

2 Gib mir bitte das Buch, das (______________) dort auf dem Regal steht.

3 Er glaubt das (______________) wirklich!

**21** ✱✱ Ergänze ein passendes Ersatzwort. Achtung: Das Ersatzwort klingt nicht immer besonders elegant.

1 Ist das (_____dies_____) der Film, von dem du erzählt hast?

2 Nein, das (______________) kommt nicht in Frage!

3 Wieso weißt du das (______________)?

4 Ich weiß nur das (______________), was du mir gestern darüber erzählt hast.

5 Wem gehört denn das (______________) Handy hier?

6 Oh Mann, was soll das (______________) bloß?

7 Denk daran, das (______________) Buch rechtzeitig zurückzubringen!

8 Es gibt ein Geheimnis, das (______________) ich nie verraten darf.

**TIPP**

„Dass/dass" steht oft bei der indirekten Rede, also dann, wenn die Aussagen, Gedanken oder Gefühle einer Person wiedergegeben werden.

→ *Ich glaube, **dass** du recht hast.*
→ ***Dass** du recht hast, glaube ich.*
→ *Tim ist erstaunt, **dass** er gewonnen hat.*
→ ***Dass** er gewonnen hat, erstaunt Tim.*

Wissen

Üben

**22** ✱ Verbinde die Satzteile mit der Konjunktion „dass" und schreibe den Satz auf die Zeile. Drehe den Satz auch um und beginne mit „Dass". Achtung: Denke an den Beistrich!

Ich hoffe – ich die Schularbeit gut schaffe.
Ich hoffe, dass ich die Schularbeit gut schaffe.
Dass ______________________________

1 Frau Schubert glaubt – ihr Hund schwer krank ist.

______________________________

Dass ______________________________

2 Miriam freut sich darauf – bald ihre Geburtstagsparty steigt.

______________________________

Dass ______________________________

## 23 Setze die Wörter aus der Box richtig ein.

* *

Das ▪ ~~dass~~ ▪ das ▪ das ▪ das ▪ das ▪ das ▪ dass ▪ dass ▪ dass ▪ das

1 Es ist nicht erlaubt, _dass_ Hunde hier in der Wiese spielen!

2 Hast du ________ auch gehört, ________ Elena nicht mehr mit Ruth reden will?

3 Mike hofft, ________ er bald bei einem Match im Tor stehen wird.

4 Lass ________! ________ ist nichts für dich!

5 Aha! Woher willst du ________ wissen?

6 Wir wollen über ________ Buch sprechen, ________ Sie uns empfohlen haben.

7 Habt ihr ________ interessant gefunden?

8 Ja, so sehr, ________ wir uns entschlossen haben, eine Buchvorstellung zu machen.

## 24 Ergänze richtig: das oder dass?

* * *

Er glaubt, ________ er das Richtige getan hat. Aber wir sind sicher, ________ sein Verhalten ein Fehler war. Es stimmt, ________ die Entscheidung des Schiedsrichters unklar war. Vielleicht war der Ball noch innerhalb der Linie, ________ weiß keiner so genau. ________ Leon dann so ausgerastet ist, ________ hat uns alle überrascht. Es tut ihm zwar leid, aber ________ er sich entschuldigen sollte, ________ sieht er nicht wirklich ein.

## 25 Finde die vier Fehler bei das/dass und korrigiere sie.

* * *

Hi Lilli, hast du schon gehört, das morgen nach der Schule bei Tim ein Gartenfest ist?

Hey Marcel! Echt? Nein, das hat er mir gar nicht gesagt. ☹ Was soll das bloß?

Keine Sorge, dass ist nicht böse gemeint. Seine Mum hat das spontan entschieden, dass das in Ordnung geht. Er darf ein paar Leute einladen, aber jeder soll was mitbringen.

Ah cool! Dass ist etwas anderes.

Ich nehme das Slacklining-Set mit. Das kann man bei ihm aufspannen.

Super! Das würde ich eh gerne mal ausprobieren. Aber Lina sagt, dass das extrem schwierig ist.

Das lernst du schon. Kannst du das auch Irina und den anderen Mädels sagen?

Aber sicher, dass ist kein Problem! ☺

## C Gemischte Übungen zur s-Schreibung und zu das / dass

**26** *** Was meint Diego Dachs? Schreibe eine mögliche Erklärung in dein Übungsheft.

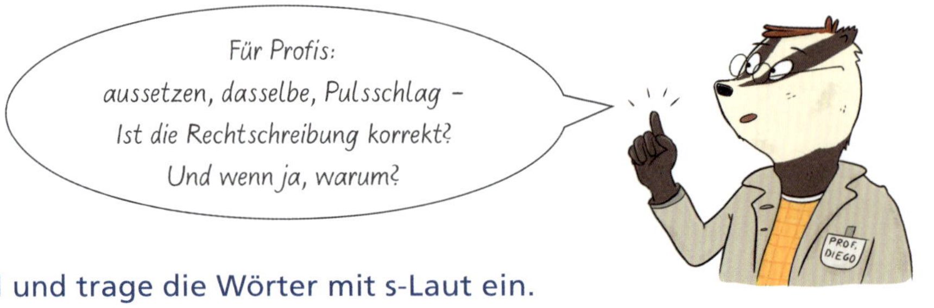


**27** ** Löse das Rätsel und trage die Wörter mit s-Laut ein.

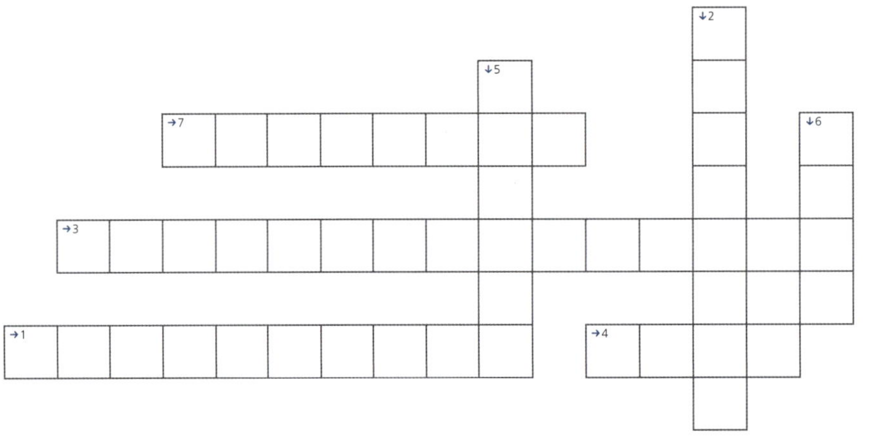


1. Plural von Ergebnis
2. Plural von Atlas
3. Wenn man jemanden falsch versteht, handelt es sich um ein M…
4. Gegenteil von lieb: f…
5. Ein sehr gefährliches Wesen: B…
6. beißen – … – gebissen
7. Die Polizei kann das Verbrechen b…



**28** *** s, ss oder ß? Ergänze die Lücken mit dem korrekten s-Laut.

Er verlie_____ das Zelt und _____ogleich war Mikion neben ihm. _____eit er ihn wiedergefunden hatte, schien sein Hund wie au_____gewechselt zu sein. Mikion wich ihm keinen Schritt mehr von der _____eite, lie_____ sich brav nieder, selb_____t, wenn er es ihm gar nicht befohlen hatte, und wartete geduldig, wa_____ pa_____ieren würde. Jetzt war Dareg doch froh, da_____ er ihn nicht ausgetauscht hatte. Er bahnte sich einen Weg durch die Menge der Krieger. Noch nie hatte er so viele Hopliten auf einem Fleck gesehen wie hier. […] Dareg wu_____te nur, da_____ Alexander immer noch Männer für einen Feldzug gegen den Gro_____könig der Perser, Dareios, _____ammelte. Er mu_____te an die Geschichten denken, die man bei ihm zu Hause darüber erzählte. Zum Beispiel, als Dareios erfuhr, da_____ Alexander gegen ihn zog. Der Perserkönig soll laut gelacht haben.

Roland Mueller: Der Kundschafter des Königs. Auf den Spuren Alexanders des Großen. München: cbj-Verlag 2005, S. 31f.

# Ähnlich klingende Laute

## A end oder ent

**REGEL**

- **End / end** kommt von „**Ende**".
  → *endlich, endlos, Endergebnis*
- **Ent / ent** schreibst du immer, wenn keine Verwandtschaft mit „Ende" besteht. (Manchmal hat diese Silbe die Bedeutung „weg".)
  → *entfernen, entwickeln, Entführung*
  → *Entzündung, entdecken, entsetzlich*

**29** ✱ Finde die weiteren sieben Wörter mit End/end oder Ent/ent und schreibe sie richtig auf die Zeilen. Die Wörter können von links nach rechts oder von oben nach unten stehen und sich überkreuzen.

| | | | | | | | | | | | | | |
|---|---|---|---|---|---|---|---|---|---|---|---|---|---|
| E | B | E | N | T | D | E | C | K | E | N | B | Ü | X |
| A | A | N | M | R | Ä | E | N | T | S | E | T | Z | T |
| M | G | D | Ü | E | O | X | Q | J | W | M | L | M | Z |
| D | A | L | E | N | T | F | Ü | H | R | U | N | G | G |
| L | H | O | N | D | A | D | P | J | H | I | D | Ü | H |
| R | L | S | D | G | T | E | N | D | S | P | I | E | L |
| J | W | Y | L | Ü | O | R | O | A | O | L | P | A | Y |
| A | S | Ü | I | L | Ü | O | L | R | Ü | R | T | I | L |
| Q | K | M | C | T | O | B | Ü | H | T | T | P | D | F |
| P | D | H | H | I | P | D | Ä | F | N | J | M | A | J |
| T | E | N | T | G | E | H | E | N | N | M | Z | U | Q |

End/end: ______________________________

Ent/ent: *entdecken,* ______________________________

**30** ✱✱ Trage die Wörter aus der Box richtig in die Sätze ein.

Endlich ▪ entlarvte ▪ Endspurt ▪ enttäuschend ▪ entfernen ▪ ~~Endergebnis~~ ▪ entbehrt (fehlt) ▪ Endstation ▪ entkleiden ▪ endgültig

**1** Das *Endergebnis* ______________ des Spiels war leider ______________.

**2** Das Team beschloss, sich ______________ von dem Trainer zu trennen.

Bitte umblättern! ↺

Wissen

Üben

3 ______________________ konnte ich den Gips ______________________ lassen.

4 Silja legte einen genialen ______________________ hin.

5 Alle aussteigen, ______________________ !

6 Diese Beschuldigung ______________________ *(fehlt)* jeder Grundlage!

7 Es war mir unangenehm, mich beim Schularzt vor allen zu ______________________.

8 Das Haar am Tatort ______________________ den Dieb.

## 31 Ergänze die fehlenden Buchstaben.

***

Der En__führer en__riss dem Polizisten die Waffe. Das war ein en__scheidender Moment in dem Film! Mit En__setzen sah das Publikum, wie der Bösewicht en__gültig über das Gute zu siegen drohte. So manches Gesicht en__färbte sich und wurde blass. Das en__sprach so gar nicht dem En__ergebnis, das sich viele erhofft hatten. In meinem Kopf en__warf ich Möglichkeiten, wie die Geschichte doch noch zu einem guten En__e kommen könnte. Doch ich konnte keine Möglichkeit en__decken. Letzten__lich en__ete der Film für mich en__täuschend.

## 32 Finde und korrigiere die vier Fehler in den Sätzen. Schreibe dann Sätze mit diesen Wörtern auf die Zeilen unten.

***

1 Mike gab beim Endspurt alles, trotzdem war er vom Endergebnis seiner Gesamtwertung entäuscht.

2 Ich habe mich entschieden und mein Entschluss steht entgültig fest.

3 Jakob entwirft einen Plan für die Sitzordnung bei der Familienfeier.

4 Die Kommissarin entlarvte am Ende die Täterin.

5 Diese Entzündung entwickelt sich endlich zum Besseren.

6 Ich entfernte den Deckel und endeckte eine geheimnisvolle Vase.

7 Gehen Sie immer hier endlang, die Entfernung zum Ziel ist nicht mehr groß.

8 Entschuldige, bitte!

______________________________________________

______________________________________________

______________________________________________

______________________________________________

## B ver oder fer, vor oder for

**REGEL**

- **Ver / ver** und **Vor / vor** sind **Vorsilben**. Du fügst sie an ein Wort an, das auch für sich stehen könnte.
  → *Verbrechen, Vorraum, verrechnen, vorturnen*
- Diese Vorsilben können auch verlängert werden:
  → *veranstalten, Vorhersage, Vorderrad*
- **Fer / fer** und **For / for** sind **Wortteile**.
  → *Ferkel, fern, fordern, Forelle*

**TIPP**

**Vorsilben** kannst du **erkennen**, indem du prüfst, ob das Grundwort auch für sich allein stehen könnte. Wenn es sich nicht um eine Vorsilbe handelt, schreibt man mit F/f.
→ *vor|turnen – turnen; for|dern – ~~dern~~*



**33** *

Finde die weiteren acht Wörter mit Ver/ver, Vor/vor oder Fer/fer, For/for und schreibe sie richtig auf die Zeilen. Die Wörter können von links nach rechts oder von oben nach unten stehen und sich überkreuzen.

| | | | | | | | | | | | | | |
|---|---|---|---|---|---|---|---|---|---|---|---|---|---|
| F | B | E | N | T | F | O | R | E | L | L | E | Ü | V |
| E | A | N | M | R | O | E | N | T | S | E | T | Z | E |
| R | G | D | F | O | R | M | U | L | A | R | L | M | R |
| N | A | L | E | N | D | F | Ü | H | R | U | G | A | K |
| L | H | O | N | F | E | R | I | E | N | I | D | Ü | E |
| V | E | R | H | Ö | R | E | N | D | S | P | I | E | H |
| J | W | Y | L | Ü | U | R | O | A | O | L | P | A | R |
| A | S | Ü | I | L | N | O | L | R | Ü | R | T | I | L |
| Q | Y | M | C | T | G | B | Ü | H | T | T | P | D | F |
| P | D | H | H | I | P | V | O | R | S | I | C | H | T |
| V | O | R | R | A | T | H | E | N | N | M | Z | U | Q |

mit Vorsilbe:

*verhören,* ______________________________

ohne Vorsilbe:

______________________________

**34** ✱✱

**Trage die Wörter aus der Box richtig in die Sätze ein.**

fernen ▪ verlässlich ▪ vorsichtig ▪ verrühren ▪ ~~Ferien~~ ▪ verspüre ▪ Ferkel ▪ Forscherin ▪ vorzüglich ▪ Ferse ▪ Verwandten ▪ verletzt

1 Auf dem _Ferien_ bauernhof gab es süße, kleine ______________________.

2 Sei ______________________, damit du dich nicht ______________________!

3 Meine ______________________ wohnen in einem ______________________ Land.

4 Kannst du die Zutaten bitte gut ______________________?

5 Die ______________________ arbeitet sehr ______________________. Ihre Ergebnisse sind ______________________.

6 Ich ______________________ einen Schmerz in der ______________________.

**35** ✱✱✱

**Ergänze die fehlenden Buchstaben. Schlage Wörter, die du nicht kennst, im Wörterbuch nach.**

__erschmitzt lächelte der Kommissar, denn er hielt seine __erhöre für __orzüglich. Es musste doch auszu__orschen sein, wer das antike __ernglas des Stargastes beim Schulfest __orsätzlich entwendet hatte. __erloren gegangen war es sicher nicht. Der Professor hatte es __orsichtig unter __erschluss gehalten. Trotzdem war es plötzlich __ort. Stundenlang hatten er und die Direktorin es __ergeblich gesucht.

**36** ✱✱✱

**Finde und korrigiere die vier Fehler in den Sätzen. Schreibe dann Sätze mit diesen Wörtern auf die Zeilen unten.**

1 Hat Elena diese Zettel ferteilt?

2 Die Zeitung veröffentlichte die neuesten Forschungsergebnisse.

3 Sei forsichtig, damit du dich nicht verläufst!

4 Oh, die Likes haben sich ja vervielfacht!

5 Ich muss noch etwas für morgen Formittag vorbereiten.

6 Fersteh doch bitte, das Versteck darf ich nicht verraten!

______________________________________________

______________________________________________

______________________________________________

______________________________________________

## C seid oder seit

REGEL

- **„seid"** ist die **3. Person Plural** von sein: ***(ihr) seid***
- **„seit"** bezieht sich auf einen **Zeitpunkt**, an dem etwas begonnen hat oder auf eine **Zeitdauer**: ***seit gestern***

**37** ✱✱ **Trage die Wörter aus der Box richtig in die Sätze ein.**

Seit ▪ Seit ▪ seit ▪ ~~seid~~ ▪ seid ▪ Seid

1 Wo *seid* ihr denn gestern gewesen?

2 ________ drei Wochen habe ich nichts von ihr gehört.

3 ________ dem Kindergarten ________ ihr meine allerbesten Freunde.

4 ________ ihr damit einverstanden?

5 Auf die Bestellung wartet meine Mutter ________ Langem *(langem)*.

**38** ✱✱ **Ergänze die fehlenden Buchstaben.**

1 Habt ihr sei__ gestern wirklich gar nichts von ihm gehört?

2 Wo sei__ ihr denn, ich warte schon sei__ zwanzig Minuten auf euch!

3 Sei__ wann sei__ ihr befreundet?

4 Konrad lebt sei__ drei Wochen bei seinem Papa.

5 Also, dann los! Sei__ ihr bereit?

**39** ✱✱✱ **Finde und korrigiere die vier Fehler in den Sätzen. Schreibe dann je einen Satz mit seid und seit auf die Zeilen unten.**

Seit Irina regelmäßig im Team mitspielt, hat sich ihre Technik verbessert. Wenn ihr auch alle dafür seit, werde ich sie für das nächste Match aufstellen. Wir haben seid der vorigen Saison schon zwei sehr gute Spielerinnen verloren. Weil ihr manchmal etwas unfair seit, hat Lina ja unser Team verlassen. Seiddem läuft es nicht mehr so gut. Seid ihr da meiner Meinung?

______________________________

______________________________





Wissen

Üben

## D tod oder tot

**REGEL**

Erinnere dich:

- **Tod / tod** meint **die Person des Todes** oder **Eigenschaften** und steht **vor *-es***.
  → ***der Tod, Gevatter Tod, tödlich, Todesursache***
- **Tot / tot** meint **tote Personen** oder **Vorgänge** (Verben) und steht **vor *-en***.
  → ***der / die Tote, der / die Untote*** *(= Zombie),* ***totlachen, totärgern, töten, Totenschein***

**40** ✱ Finde die weiteren sechs Wörter mit Tod / tod oder Tot / tot und schreibe sie richtig auf die Zeilen. Die Wörter können von links nach rechts oder von oben nach unten stehen und sich überkreuzen.

| | | | | | | | | | | | | | |
|---|---|---|---|---|---|---|---|---|---|---|---|---|---|
| T | O | D | E | S | A | N | G | S | T | Z | T | K | W |
| O | W | O | H | W | U | Z | L | I | O | A | Ö | A | N |
| T | A | Z | E | H | E | P | P | G | D | P | D | K | K |
| E | P | K | T | Ö | T | E | N | X | S | Ü | L | E | M |
| N | C | Ü | N | H | W | Z | X | Z | I | J | I | V | N |
| B | Z | Y | Ä | D | G | Z | W | I | C | A | C | B | W |
| L | A | I | D | P | A | L | Ä | I | H | W | H | A | I |
| A | Z | G | Z | L | D | E | Z | G | E | I | Z | O | W |
| S | W | Z | H | J | D | I | D | E | R | W | Z | K | W |
| S | I | T | O | T | E | N | S | T | I | L | L | E | Y |
| T | O | D | U | N | G | L | Ü | C | K | L | I | C | H |

Tod / tod: *Todesangst,* ______________________________

Tot / tot: ______________________________

**41** ✱✱ Ergänze die fehlenden Buchstaben.

1 Nach dem Knall herrschte To__enstille.

2 Was ist denn los? Du bist ja to__enblass.

3 Der Biss dieser Schlange endet oft tö__lich.

4 Darüber könnte ich mich to__ärgern.

5 Wenn Blicke tö__en könnten, wäre ich wohl to__ umgefallen.

## E Ähnlich klingende Laute: gemischte Übungen

**42** ✱✱ Löse das Rätsel. Die Wörter von Seite 19 bis 24 helfen dir.

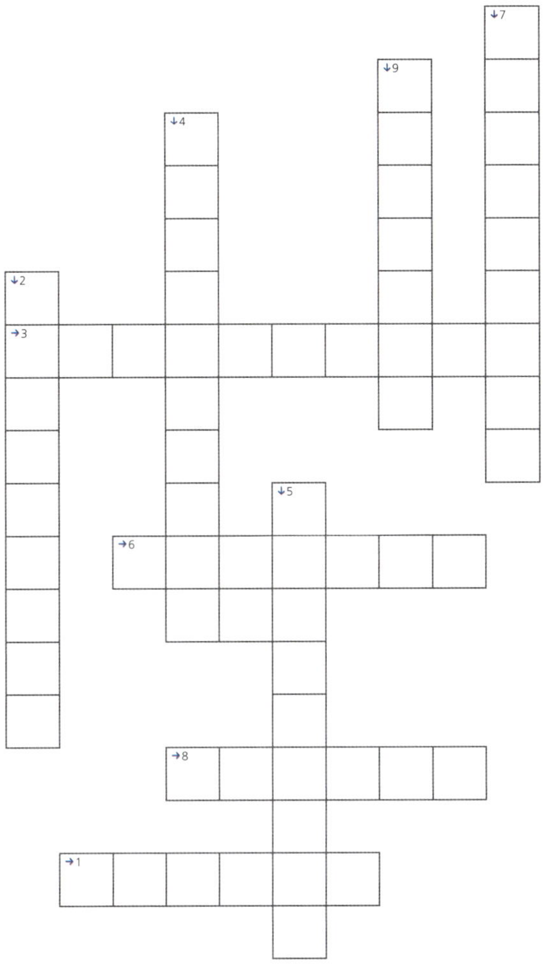


1. Ein kleines Schwein nennt man:
2. Wenn man etwas nicht mehr weiß, dann hat man es …
3. Wenn man nicht bekommt, was man sich erhofft hat, dann ist man e…
4. die letzte Station, hier müssen alle aussteigen:
5. sich weh tun: sich …
6. heimische Fischart, häufiger Speisefisch: F…
7. Tageszeit von ca. 9 bis 12 Uhr: der …
8. anderes Wort für Zombie: der/die Un…
9. Etwas, das zum Tod führt, das ist: …lich

**43** ✱✱ Buchstabensalat: Ergänze die Wörter richtig mit den Buchstaben aus der Box.

~~d~~ ▪ d ▪ d ▪ d ▪ d     t ▪ t ▪ t ▪ t ▪ t ▪ t

**1** tö_d_lich – To__enstille – getö__et – To__eszeitpunkt – To__esangst – to__bringend – to__schlagen – to__ sein – To__estag – sich to__lachen – To__enschädel

v ▪ v ▪ v ▪ V ▪ V ▪ V ▪ V ▪ V     F ▪ F ▪ F ▪ F ▪ F

**2** __erstehen – __erletzung – __ernseher – __orhang – __orderung – __orzüglich – __erse – __ertrauensvoll – __orscher – __orelle – __orderrad – __ersteck – __orsicht

Bitte umblättern! ↺

t ▪ t ▪ t ▪ t ▪ t ▪ d

**3** sei__dem – ihr sei__ – sei__lich – sei__wärts – sei__her – sei__ wann

t ▪ t ▪ t ▪ t ▪ t
d ▪ d ▪ d ▪ d

**4** en__sperren – en__wickeln – en__los – En__täuschung – en__lich – En__spiel – En__zündung – en__gültig – en__decken

**44** ✱✱✱ **Ergänze die fehlenden Buchstaben.**

Zwei Erdplatten teilen Kalifornien in zwei Hälften auf: Die Nordamerikanische Platte und die Pazifische Platte schlittern dort sei__lich aneinander vorbei. Die Bruchstelle wird San-Andreas-__erwerfung genannt. [...] Im Jahr __erschieben sich diese Erdplatten um 6 cm: Dabei rücken Los Angeles und San Francisco näher zusammen. [...] Teilbereiche der Platten __erhaken sich dabei und lösen sich nach kürzerer oder längerer Zeit wieder mit einem mächtigen Ruck: einem Erdbeben. [...] Das letzte schwere Beben in Südkalifornien mit tö__lichen Folgen war [...] im Jänner 1004. Dabei starben 72 Menschen, 9000 wurden __erletzt und es en__stand ein Milliardenschaden. [...] Sei__ Neuestem untersuchen amerikanische Wissenschafter winzige unterirdische Erdstöße en__lang der San-Andreas-__erwerfung. [...] Die __orscher rechnen bis 2039 mit dem „Big One": Die Wahrscheinlichkeit eines Erdbebens mit einer Stärke von 6,7 oder mehr in den kommenden Jahren liegt bei 99 Prozent.

**Richterskala**

Der amerikanische Seismologe* Charles Francis Richter en__wickelte [...] ein System zur Bewertung der Erdbebenstärke. Die Idee war, ein und dasselbe Erdbeben an mehreren Stationen zu messen und aus den unterschiedlichen En__fernungen seine Stärke im Epizentrum* zu berechnen. [...] Ein Punkt mehr auf der Richterskala bedeutet eine zehnfach stärkere Bewegung der Erde.

* die Seismologin/der Seismologe: Erdbebenforscherin/Erdbebenforscher

* das Epizentrum: Gebiet, das über dem Ursprung/dem Zentrum des Erdbebens liegt

Petra Bachmann: Die gefährlichsten Orte der Welt. München: arsEdition GmbH 2013, S. 22f.

Üben

# Dehnung – lang gesprochene Vokale

## A a / ä, ah / äh oder aa

**REGEL**

Lang gesprochene Vokale werden nicht immer gleich geschrieben. Das lang gesprochene **a / ä** kann man als **a / ä**, **ah / äh** oder **aa** schreiben.

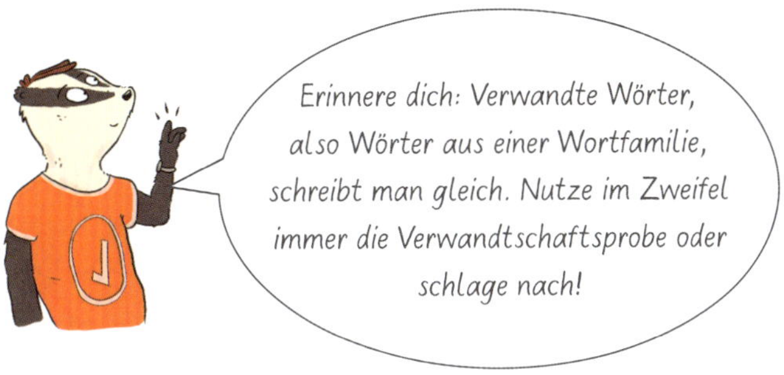

**ACHTUNG**

Umlaute werden nicht verdoppelt:
*das Haar – das Härchen*
*der Saal – die Säle*
*das Paar – das Pärchen*

**45** ✱ **Finde alle Wörter in der Wortschlange und schreibe sie richtig auf die Zeilen. Schlage unbekannte Wörter im Wörterbuch nach.**

Brautpaar|bravabfahrenBärdankbardämlichDenkmal
DiebstahlheilsamhurraKameradermahnen
MaßstabpaarweiseMerkmalminimalTatNachtmahl
ParkPorzellanprivatratenRegalNagelSpaßSalat
schlagenHahnVaterwahrZahljährlichGefahrgefährlich

aa: *Brautpaar,* ______________________________

______________________________

a / ä: ______________________________

______________________________

ah / äh: ______________________________

______________________________

**ACHTUNG**

Unterscheide genau:
**-mal**: Nachsilbe, kann nicht alleine stehen → *manchmal*
oder: „etwas (be)malen" → *anmalen, ausmalen*
**-mahl-**: abgeleitet von „das Mahl" (= das Essen)
→ *das Nachtmahl* oder: Getreide mahlen/fein zerreiben
→ *die Mühle*

## 46 mal/mahl: Ergänze die Lücken.

**

1. Das Nachtm_ah_l war heute wieder einm____l hervorragend!
2. Sie sahen dreim____l denselben Film.
3. M____lzeit! – Danke vielm____ls!
4. Das Denkm____l wurde nachts mit roter Farbe bem____lt.
5. Mehl besteht aus gem____lenem Getreide.

**ACHTUNG**

Unterscheide genau:
**war**: von „sein" oder „waren"; **wahr**: von „Wahrheit"

## 47 war/wahr: Ergänze die Lücken.

**

1. W_a_r das wirklich die W____rheit?
2. W____rscheinlich w____ren die Spieler nicht richtig aufgewärmt.
3. Was hast du erw____rtet?
4. Das w____r doch w____rlich keine Überraschung.
5. Erw____rtungsgemäß war der Test unw____rscheinlich knifflig.

**ACHTUNG**

Unterscheide genau zwischen **Silben** und **Wörtern**:
**-sal**: Nachsilbe, kann nicht alleine stehen (***Schicksal***)
**-saal**: großer Raum (***der Saal***, ***der Tanzsaal, der Speisesaal***)
**-bar**: Nachsilbe, kann nicht alleine stehen (***kostbar***, ***befahrbar***);
oder: von ***„bar bezahlen"***, ***„das Bargeld"***
**-bahre**: von „die Bahre", „die Tragbahre"

## 48 ✱✱ sal/saal, bar/bahre: Ergänze die Lücken.

1 Ich war dankb_a_r, dass ich humpeln konnte und keine B____re benötigte.

2 Im ganzen S____l herrschte gute Laune. Niemand blies Trübs____l.*

3 In Märchen erleiden viele Figuren ein schlimmes Schicks____l.

4 Beim S____leingang konnte man nur mit B____rgeld bezahlen.

5 Unser Turns____l ist derzeit leider nicht benützb____r.

* Trübsal blasen: traurig, bekümmert sein

## 49 ✱✱✱ Finde und korrigiere die drei Fehler im Kurztext.

Die Zeuginnen und Zeugen wurden mehrmahls befragt. Die Richterin wollte die Wahrheit herausfinden. Doch an dem Fall war vieles sonderbar. Das verschwundene Bahrgeld war unauffindbar. Nach der Mittagsmahlzeit kam das Publikum zurück in den Gerichtssaal. Der Angeklagte bat um ein gnädiges Schicksahl.

**TIPP**

Fremdwörter halten sich oft nicht an die Regeln der deutschen Rechtschreibung. Am besten lernst du sie auswendig – wie die Vokabeln einer Fremdsprache.

*die Ader (Blutgefäß), der Altar (Tisch für religiöse Handlungen), das Aquarium, der Gepard (Raubkatzenart), das Gymnasium, das Internat, der Kaviar (Fischeier → eine Delikatesse), der Kommissar, die Lava (geschmolzenes Gestein), die Mandarine, die Marine (Schifffahrt eines Staates), minimal (sehr klein, sehr wenig), optimal (am besten), der / die Paprika, der Pyjama, die Reklame (Werbung), der Rivale (Konkurrent, Gegenspieler) / die Rivalin, die Safari, die Salami, der Sklave / die Sklavin, die Strapaze (große Anstrengung), die Tomate, die Vase*

## 50 ✱✱ In diesen Sätzen sind die blauen, fettgedruckten Fremdwörter falsch verwendet worden. Streiche das falsche Wort durch und schreibe das richtige auf die Zeile. Die Wörter aus der Tipp-Box helfen dir.

Die ~~Tomate~~ Ader ist ein wichtiges Blutgefäß.

1 Ich möchte mit **optimalem** ____________ Aufwand das **minimale** ____________ Ergebnis erreichen.

Bitte umblättern! ↺

2 Hui, diese **Mandarine** ____________________ ist aber sehr scharf!

3 **Rivalinnen** ____________________ und **Rivalen** ____________________ mussten oft unter großen **Vasen** ____________________ schuften.

4 Meine Oma wohnte als Kind im **Altar** ____________________, weil es in ihrem Dorf kein **Aquarium** ____________________ gab.

5 Bei der **Salami** ____________________ sahen wir sogar wilde **Pyjamas** ____________________.

6 **Kaviar** ____________________ ist ein anderes Wort für Werbung.

7 Meine Mutter sieht sich gerne Krimis mit cleveren **Sklaven** ____________________ an.

## B e / ä, eh / äh oder ee

**REGEL**

Das lang gesprochene e kann man als **e / ä**, **eh / äh** oder **ee** schreiben. Du weißt schon: Umlaute werden nicht verdoppelt.
→ *das Haar – das Härchen*





**51** *

**Finde alle Wörter in der Wortschlange und schreibe sie richtig auf die Zeilen. Schlage unbekannte Wörter in einem Wörterbuch nach.**

Beet|betenHeerabwehrenLehrerleermähtSehhilfeBadeseeWegwehtunGlücksklee
KlebstoffVerkehrErdbeereentbehrenBrezelderzeitEkelEhreErbsekegelnMeermehr
KaffeeKollegeKrebsTeeverzehrennehmenwedelnwerkenwesentlichHärchen

e / ä: ____________________________________________

____________________________________________

eh / äh: ____________________________________________

____________________________________________

ee: *Beet,* ____________________________________________

____________________________________________

**ACHTUNG**

Präge dir diese Fremdwörter ein:
*die Fete (= die Party, das Fest), der Planet, die Reserve (Vorrat)*

**52** **Ergänze richtig. Die Wörter von Ü51 und der Achtung-Box helfen dir.**

✱

1 Der Priester b__e__tet. – Wir bearbeiten die Blumenb____te.

2 Das H____r soll Gefahren abw____ren.

3 Schau mal, die Maus hat ganz zarte H____rchen an der Schnauze!

4 Die T____tasse der L____rerin ist l____r.

5 Der Kr____bs am Bades____ hat mich gekniffen. Das hat w____getan.

6 Auf der F____te verz____rte Milo alle Br____zeln.

7 Hast du noch Kl____bstoff in Res____rve?

8 Der Flugverk____r auf unserem Plan____ten wird immer m____r.

9 Der Schulwart m____t das Gras im Schulhof.

**ACHTUNG**

Achte auf die Wortverwandtschaft:

| | | |
|---|---|---|
| *beten, das Gebet* | → | *das Blumenbeet* |
| *zu spät sein* | → | *Er späht durch das Fernrohr.* |
| *Wer ist das?* | → | *sich wehren, das Gewehr* |
| *der Bär, die Bären* | → | *die Beere, die Beeren* |
| *die Säge* | → | *der Segen, segnen* |
| *die Ähre (am Korn)* | → | *die Ehre, das Ehrgefühl* |
| *der Lehm (feuchte Erde)* | → | *gelähmt, die Lähmung* |
| *Gras rechen / der Rechen* | → | *sich an jemandem rächen* |

**53** **Welches Wort aus der Liste oben passt? Ergänze richtig. Schreibe mit drei der Wörter eigene Sätze auf die Zeilen unter der Aufgabe auf Seite 32.**

✱✱

1 Mit der ____Säge____ schnitt ich das Brett zurecht.

2 In Krimis wollen die Täter sich oft aus verletzter ____________ an jemandem ____________.

3 Nach dem ____________ ____________ der Priester die Gläubigen.

Bitte umblättern! ↺

4 Tim ______________ durch sein __________glas und sah einen ______________ zwischen den ______________ im Feld.

5 In vielen Gegenden der Welt ist ______________ ein wichtiges Baumaterial.

6 Ich war so erschrocken, ich war wie ______________________.

7 Du bist schon wieder zu ______________!

8 __________ auch immer dieses Posting verfasst hat: Du solltest dich dagegen ______________.

______________________________________________

______________________________________________

______________________________________________



**54** ✱✱✱ **Hier haben sich drei Fehler beim e-Laut eingeschlichen. Finde und korrigiere sie.**

1 Willst du dir auch einen Glücksklee nehmen? – Ja, gerne. Gibst du mir einen heer?

2 Direkt beim Meer gibt es leider keine Plätze mehr.

3 Das kleine Kind gibt seinem Teddybären eine Himbeere.

4 Der Badesee ist derzeit fast lehr.

5 Den Erbseneintopf konnte niemand verzehren, weil er wirklich ehklig schmeckte.

6 Ich bitte Sie herzlich, nehmen Sie doch noch etwas Tee oder Kaffee!

## C o / ö, oh / öh oder oo

**REGEL**

Das lang gesprochene o/ö kann man als **o**/**ö**, **oh**/**öh** oder **oo** schreiben.

**55** ✱ **Finde alle Wörter in der Wortschlange und schreibe sie richtig in dein Übungsheft. Schlage unbekannte Wörter im Wörterbuch nach.**

Boot|TorlösenföhnenMoosShampooStoßPoolgroßZoofröhlichdoofMooratemlos DrohungendlosErdgeschoßgehorsamGolfGondelgrobhöflichhohlirgendwo KnoblauchsoßelobenlösenNotObstobwohlSchlagobersholenOhrverlor

*Boot, ...*

**ACHTUNG**

Präge dir diese Fremdwörter gut ein:
*der Alkohol, der Balkon, der Beton, das Büro, cool, die Folie, der Ganove (Verbrecher), der Humor, die Kanone, die Kobra, das Mikroskop, die Narkose, das Omen (Vorzeichen, Anzeichen), die Polizei, die Strophe, das Telefon, der Thron*

die Nachsilbe **-tion** ist bei Fremdwörtern häufig:
*die Aktion (Tat, Handlung), die Organisation (Aufbau), die Portion, die Position (Lage, Stellung), die Station (Haltepunkt, Haltestelle)*

**56** ✱✱ Die färbigen Silben stehen beim falschen Wort. Schreibe jedes Wort richtig auf die kurze Zeile und bilde damit einen Satz. Die Liste oben hilft dir.

Be**ne** Beton ____________

______________________________

Kano~~ton~~ ____________

______________________________

Ko**mor** ____________

______________________________

Hu**bra** ____________

______________________________

Organisa**kon** ____________

______________________________

Bal**tion** ____________

______________________________

**57** ✱✱ Ergänze richtig. Die Wörter von Ü55 und der Achtung-Box helfen dir.

**1** Ich finde es c ool________, dass du bei der A____________ mitmachen willst.

**2** Pfui, auf der Pizza ist aber eine gr______ Po______ Kn________ s________!

**3** Wir spazierten fr__________ durch den Z__________.

**4** Im Erd____________ des Hotels ist ein P__________.

**5** Nach dem Ausspülen des Sha____________ f__________ ich die Haare.

**6** Das B______ l________ sich vom Seil und verschwand irg________ im Schilf.

**58** ✱✱ Löse das Rätsel. Schreibe danach mit drei Wörtern eigene Sätze in dein Übungsheft.

1. nasse Haare trocknen: die Haare …
2. jemandem etwas ins … flüstern
3. Sie ist nicht traurig, sondern …
4. englisches Wort für Schwimmbecken: …
5. österreichisches Wort für Sahne: …
6. etwas nicht gut finden: etwas … finden
7. grünes Gewächs, vor allem auf feuchtem, schattigem Boden: …



## D u / ü, uh / üh

**REGEL**

Das lang gesprochene u/ü kann man als **u/ü** oder **uh/üh** schreiben.

**ACHTUNG**

Es gibt keine deutschen Grundwörter mit Doppel-u.
In folgenden Fällen können allerdings zwei „u" zusammenkommen:

- bei **Zusammensetzungen**:
  → *Ba**uu**nternehmen, Dona**uu**fer*
- Doppel-u kann durch die **Nachsilbe -ung** entstehen:
  → *Tra**uu**ng, Verda**uu**ng*
- „uu" kann in **Fremdwörtern** vorkommen:
  → *Individ**uu**m (einzelner Mensch), Vak**uu**m (Raum ohne Luft)*

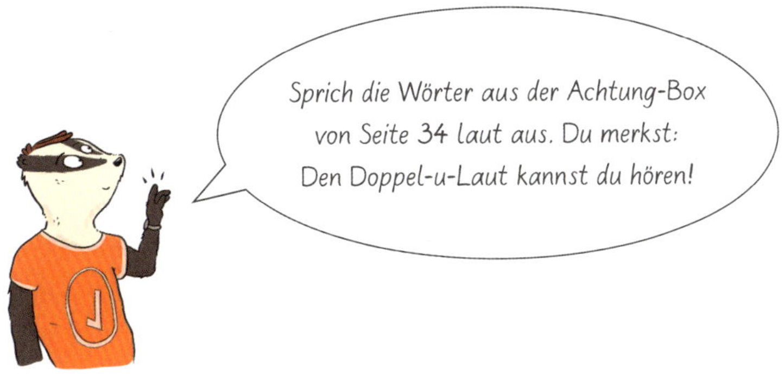


**59** ✱ **Finde alle Wörter in der Wortschlange und schreibe sie richtig auf die Zeilen. Schlage Wörter, die du nicht kennst, im Wörterbuch nach.**

übel|fuhrHügelkühlenduzenGemüseGlutfrühjugendlichFrühjahrüblichHubschrauber mühseligGugelhupfGulaschGustosuchenKostümSchnurRuhmberühmtschnurstracks SchürzeUhrSekundeKundschaftTruthahnübenüberrührenUrlaubsüß

u/ü: *übel,* ______

______

______

______

______

uh/üh: ______

______

**60** ✱✱ **Präge dir die Wörter aus Übung 59 gut ein. Ergänze dann die Lücken.**

1 Der G*ugelhupf* ______ muss nach dem Backen noch aus______.

2 Kannst du bitte das G______ um______?

3 Im U______ sah ich die b______ Pyramide.

4 Im H______ wurde mir leider ü______.

5 Für den Fasching suche ich ein K______.

6 Ich habe G______ auf etwas S______.

7 In dem Möbelhaus wird die K______ von allen ge______.

8 Aus der G______ ein hohes Lagerfeuer zu entfachen, das ist m______.

9 Die J______ f______ mit ihrem Skateboard den H______ hinunter.

**61** ✱✱✱ In diesem Text sind die farbigen Wörter in die falschen Sätze gerutscht. Suche das passende Wort, streiche es durch und schreibe es dann beim richtigen Satz auf die Zeile. (Tipp: Für das Muster-Beispiel mussten Wörter in Satz 4 und 7 durchgestrichen werden. Und: Natürlich brauchst du „Hubschrauber" und „duzten" noch an einer anderen Stelle in der Geschichte. ☺)

> *Nach drei* **Hubschrauber** *Stunden* ______ *Wanderung machten wir eine Pause und* **duzten** *ruhten* ______ *uns aus.*

1 Leider drückte mein linker **Huhn** ______, sodass ich ein Blasenpflaster brauchte.

2 Während wir in der Wiese saßen, besuchte uns eine **Huhn** ______.

3 Nach einer Weile kam auch noch ein **Kuh** ______ des Weges.

4 Wir waren höflich, und ~~**ruhten**~~ ______ die Tiere nicht, sondern siezten sie.

5 Das **Schuh** ______ war so **mühselig** ______, wir nannten es „Frau Gugelhupf".

6 Der Abstieg vom Berg war mit der Blase am **Apfelmus** ______ sehr **süß** ______.

7 „Hoffentlich brauchen wir keinen ~~**Stunden**~~ ______ für dich!", machte sich meine Schwester **schnurstracks** ______ mich lustig.

8 Zu Hause legte ich mich **über** ______ in die Badewanne.

9 Danach hatte ich **Gemüse** ______ auf ein Gulasch. Meine Schwester wollte nur ein Glas **Fuß** ______ essen. Im Kühlschrank gab es aber nur **Gusto** ______ und **Schürze** ______.

10 Ich nahm meine **Truthahnkeulen** ______ und kochte für uns etwas Gutes.

**TIPP**

Mach die Verwandtschaftsprobe! Manchmal „versteckt" sich ein **h** – du „findest" (und hörst) es, wenn du das Grundwort im Infinitiv aussprichst:
*ausgeruht* → *ruhen*
*bemüht* → *bemühen*

**ACHTUNG**

Unterscheide genau zwischen Silbe und Wort:

- **Uhr** (das Gerät):
  → *die Uhr, der Uhrzeiger*
- **Ur-** (Vorsilbe):
  → *der Urlaub, die Urzeit, das Urteil*

**62** ✱✱✱ **Ergänze u/ü oder üh/uh. Verwende die Verwandtschaftsprobe und das Wörterbuch.**

1 In der _U_rzeit orientierten sich die Menschen noch nicht an der ____rzeit, sondern am Stand der Sonne.

2 Der ____beltäter muss mit einem harten ____rteil rechnen.

3 Ich s____che die Schn____r für das Kost____m. Wo ist sie n____r?

4 Manchmal mache ich mir frisches Apfelm____s. Man muss allerdings gut r____ren, damit es nicht anbrennt.

5 Österreich ist ber____mt für seinen G____gelhupf.

6 Der schnellste ____rzeiger zeigt die Sek____nden an.

7 Im Fr____jahr werden die H____gel rund um die Stadt gr____n.

8 Mir ist ____bel, kannst du bitte die Klimaanlage etwas k____ler stellen?

9 Auf Gem____se habe ich selten G____sto.

10 Die H____ner br____ten die Eier aus.

11 Der H____bschrauber landete um drei ____r Fr____.

12 Im ____rlaub möchte ich nichts M____seliges tun müssen.

## E i oder ie(h)

**REGEL**

Das lang gesprochene **i** kann man als **i** oder **ie(h)** schreiben.

**ACHTUNG**

- Durch die **Nachsilben -ig** und **-isch** kann **Doppel-i** entstehen.
  → *breiig, unparteiisch (neutral, zu keiner bestimmten Gruppe zugehörig)*
- Bei **Zusammensetzungen** kann ii entstehen.
  → *Polizeiinspektion*
- Es kann in **Fremdwörtern auf -ieren** vorkommen.
  → *liniieren (mit Linien versehen)*

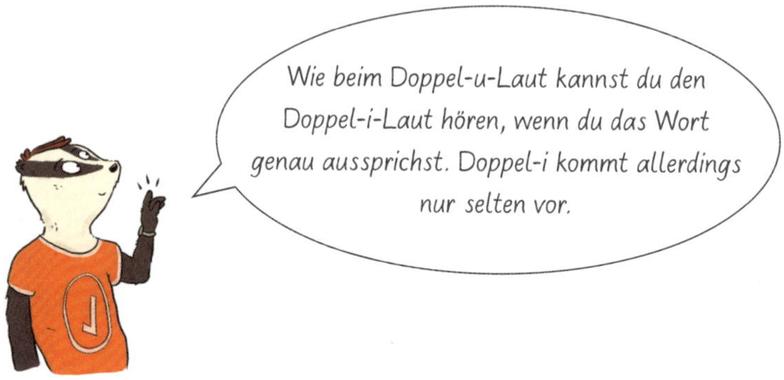




**63** ✱ **Finde alle Wörter in der Wortschlange und schreibe sie richtig auf die Zeilen. Achtung: Ein Wort fällt aus der Reihe. Notiere es ganz unten. Schlage unbekannte Wörter im Wörterbuch nach.**

gießen|bewiesbietenViehDiebsiezenentschiederfrierenZielfiesgenießbarKabine MaschinekariertKiloKlimaliebNierenieselnkritischHandySpaziergangTurnierVampir VentilZiegegierigzierlichGiraffeempfiehltspieltSiegerziemlichdieserRiese

i: ______________________________

______________________________

ie(h): *gießen,* ______________________________

______________________________

______________________________

dieses Wort fällt aus der Reihe: ____________________

**ACHTUNG**

Wörter, die aus dem Englischen übernommen wurden, enden oft auf „y":
*das Handy, die Handys; die Lady, die Ladys;*
*das Baby, die Babys; der Rowdy, die Rowdys (Raufbold, flegelhafter Mensch)*

**64** ✱✱ i oder ie(h)? Ergänze den richtigen i-Laut. Die Wörter aus Ü63 helfen dir.

1 Der l_ie_be R____se machte mit der G____raffe einen Spaz____rgang im N____selregen.

2 Beim Turn____r war d____smal nicht Gryffindor der S____ger.

3 Der D____b war z____mlich f____s: Er stahl die Hand____s aus den Spinden.

4 Das Vent____l der Masch____ne ist undicht.

5 Dieses Kl____ma b____tet gute Bedingungen für Z____gen.

TIPP

Mach bei deutschen Wörtern die Verwandtschaftsprobe und beachte die Bedeutung:
*Mine (Bergwerk, Stift) – Miene (Gesichtsausdruck)*
*Stil (Art und Weise) – Stiel (langer Griff)*

**65** ✱✱ Ergänze den i-Laut in der richtigen Schreibweise. Verwende die Verwandtschaftsprobe und das Wörterbuch.

1 Oh je, die M_i_ne meines Druckbleistifts ist schon wieder abgebrochen.

2 Im Winter gen____ßen meine Großeltern das Kl____ma am Meer. Dort müssen sie nicht fr____ren.

3 Ich entsch____d mich für das kar____rte Shirt. In der Kab____ne betrachtete ich es kr____tisch.

4 Leider war es nicht mein St____l, obwohl es meiner Mutter sehr gef____l.

5 Der St____l an der Kehrmasch____ne ist klebrig.

6 Bitte g____ße die Pr____meln z____mlich v____l, sie brauchen das.

7 Der Händler b____tet selbstgemachten Z____genkäse an.

8 Beim Turn____r bew____s das Team gute Nerven.

9 Ich finde es f____s, dass d____r n____mand geholfen hat!

10 Irina sp____lt am Klav____r.

11 Passt auf, bei den R____biselsträuchern sind viele B____nen.

12 Das Sprichwort sagt: „Kleinv____h macht auch Mist."

13 Willst du l____ber im L____gestuhl oder in der Hängematte lesen?

**ACHTUNG**

Präge dir diese Fremdwörter auf -ieren gut ein:
*alarmieren, dekorieren (schön gestalten), diskutieren (besprechen), experimentieren (erproben), faszinieren (beeindrucken), galoppieren, informieren, komponieren (etwas verfassen / erstellen), kontrollieren, maskieren, notieren (aufschreiben), nummerieren, operieren, rasieren, reagieren (mit Worten oder / und Taten antworten), reparieren, servieren, sortieren*

**66** ✱ **Welches Wort aus der Liste oben ist gemeint? Ergänze die Buchstaben. Schreibe mit drei Wörtern jeweils einen eigenen Satz auf die Zeilen unten.**

1 Wir d_*i*_ _*s*_kut_*i*_ _*e*_ren gerade darüber, ob der Test zu schwierig war.

2 Die Wissenschafter und Wissenschafterinnen __xper__me____ieren mit dem Virus.

3 Die Direktorin in__________ert uns über die neuen Regelungen.

4 Wolfgang Amadeus Mozart hat viele berühmte Stücke ko__po______rt.

5 Die Bankräuber waren mit Strümpfen m____k____rt.

6 Bitte n__t____rt euch das, es ist wichtig!

7 Mein Bruder muss sich schon fast jeden Tag r__si______n.

8 Die Sirene __larmie__t die Feuerwehr.

9 Das Geschenk für meine Freundin will ich schön de____rieren.

10 Diese Sätze sind alle nu____eriert.

11 Wie hat sie denn auf dein Mail ____agiert?

12 Linus findet Dokumentationen über das Weltall fa______n____rend.

13 Das Pferd ga__o____iert unkontro________rt über die Straße.

14 Die Kellnerin s__r__iert uns das bestellte Essen.

15 Oh je, ich glaube, nach dem Sturz kann man das Rad nicht mehr rep______________.

16 Wir müssen die Spielsteine nach Farben s__r____eren.

______________________________________________

______________________________________________

______________________________________________

______________________________________________

## F Spezialfall: Wider / wider oder Wieder / wieder

**REGEL**

- **wieder** bedeutet „**noch einmal, erneut**"
  → *wiederholen, Wiederkäuer (z. B. Kühe), wiedersehen*
- **wider** bedeutet „(da)**gegen, zurück**"
  → *widersprechen, widersinnig (unsinnig)*

**67** *

Finde die weiteren sieben Wörter mit Wieder/wieder oder Wider/wider. Schreibe sie richtig auf die Zeilen. Die Wörter können von links nach rechts oder von oben nach unten stehen und sich überkreuzen.

| | | | | | | | | | | | | | |
|---|---|---|---|---|---|---|---|---|---|---|---|---|---|
| A | B | W | I | E | D | E | R | H | O | L | U | N | G |
| O | W | I | E | D | E | R | S | E | H | E | N | Z | P |
| W | I | D | E | R | S | I | N | N | I | G | Ü | M | U |
| W | I | E | D | E | R | A | U | F | B | A | U | A | K |
| U | H | R | O | K | P | U | A | T | J | A | J | Ü | L |
| A | I | L | B | L | F | H | I | D | S | P | I | E | A |
| Q | W | I | D | E | R | S | P | R | U | C | H | A | T |
| E | S | C | N | W | I | D | E | R | L | E | G | E | N |
| Q | W | H | Y | T | A | M | V | L | S | F | G | T | Ü |
| W | I | E | D | E | R | E | R | K | E | N | N | E | N |

Wieder/wieder: *Wiederholung,* ____________________

Wider/wider: ____________________

**68** **

Trage die Wörter aus der Box richtig ein. Schlage unbekannte Wörter nach.

Widerrede ▪ Wiederkäuer ▪ Widersacher ▪ widerspenstig ▪ wiedergeben ▪ ~~widerlegen~~ ▪ wiederkommen

1 Ich kann diese Beschuldigung *widerlegen* .

2 Wann wirst du ____________________? Ich vermisse dich jetzt schon!

3 Voldemort ist der große ____________________ von Harry Potter.

4 „Genug jetzt! Ich dulde keine ____________________ mehr!", rief die Trainerin.

5 Das Pferd schnaubte und schüttelte ____________________ den Kopf.

6 Kannst du in eigenen Worten ____________________, was Tim gesagt hat?

7 Kühe und andere ____________________ besitzen verschiedene Mägen.

**69** ✱✱✱ **Ergänze die fehlenden Buchstaben.**

Trotz der w__i__drigen Umstände leistete Viola ihrer Müdigkeit W____derstand. Sie schaffte auch abends noch die dritte W____derholung der Vokabeln mit ihrer Lernkartei. Am nächsten Tag konnte sie alle fehlerlos w____dergeben. Damit w____derlegte sie ihre Angst, dass die Lehrerin ihre größte W____dersacherin sei. Tatsächlich war Frau Kern überhaupt nicht mehr w____derspenstig. Nein, ihr Gesicht spiegelte Anerkennung w____der! Bis zum Jahresende wollte Viola es w____der auf ein „Gut" bringen und ihre Freude an der Fremdsprache w____derherstellen.

**70** ✱✱✱ **Finde und korrigiere die drei Fehler. Schreibe dann zwei Sätze mit den korrigieren Wörtern auf die Zeilen.**

1 Widerwillig gab Christopher zu, dass er uns angelogen hatte.

2 Pfui, diese verschimmelte Erdbeere in der Lade ist ja wiederlich!

3 Für die Umwelt ist die Wiederverwertung von Rohstoffen sehr wichtig.

4 Die Vortragende startete die Wiedergabe des Filmclips.

5 Kannst du mir das ausgeborgte Buch bitte morgen widerbringen?

6 Richie hat sich verändert. Du wirst ihn kaum wiedererkennen.

7 Trotz seiner vielen Wiedersacher stellt sich der Kandidat der Wiederwahl.

______________________________

______________________________

______________________________

## G Lang gesprochene Vokale: gemischte Übungen

**71** ✱ **Diese Sätze sind durcheinandergeraten. Schreibe sie richtig auf die Zeilen.**

1 probieren. Diese widerliche werde nie wieder Suppe ich

______________________________

2 Maß die für ist Meter. Länge Ein

______________________________

**3** das Erik Spiel. konzentriert beobachtet

______________________________________________

**4** Stil ist im Diese chinesischen bemalt. Vase

______________________________________________

**72** ✱✱

**Lies die Tipp- und Achtung-Boxen auf S. 29, 31, 33, 34 und 40 noch einmal genau durch. Dann ist dieses Rätsel kein Problem für dich!**

1. Tisch für religiöse Handlungen
2. Konkurrent, Gegenspieler
3. anderes Wort für Fest, Party
4. Erde, Venus und Mars sind P…
5. Den geschmückten Sitz einer Herrscherin/eines Herrschers nennt man T…
6. Wenn jemand viel lacht, dann hat sie oder er viel H…
7. Lateinisches Wort für Handlungen, Tat: A…
8. luftleerer Raum
9. Wenn etwas kaputt ist, muss man es r…

**73** ✱✱✱

**Welche langen Vokale passen? Ergänze richtig.**

**1** W_*i*_r setzen uns für das Kl____ma und die W____derverwertung von R____stoffen ein.

**2** Bei der W____derholung g____b es v____le V____rer.

**3** Fr____er s____zten Kinder ihre Eltern, sie zu d____zen galt als unh____flich.

**4** Ich finde d____se Z____ge s____r s____ß.

**5** Die L____rerin ist meistens fr____lich, aber heute verz____t sie keine M____ne.

**6** Nach dem B____den im P____l muss ich noch die H____re f____nen.

**74** ✱✱✱

**Hier haben sich bei der Schreibung der langen Vokale vier Fehler eingeschlichen. Finde und korrigiere sie. Schreibe mit den korrigierten Wörtern eigene Sätze in dein Übungsheft.**

| | | | |
|---|---|---|---|
| Ehrlichkeit | übel | wiedersprechen | dankbahr |
| Narkoose | Diebstahl | Abwehr | jährlich |
| hohl | Turnsääle | Urlaub | Humor |

# Groß- und Kleinschreibung

## A Nominalisierung von Verben

**REGEL**

Wenn du **Verben** zu **Nomen umwandelst** (= nominalisierst), musst du sie großschreiben. Achte auf folgende **Signalwörter** für die **Großschreibung**:

- Ein **bestimmter** oder ein **unbestimmter Artikel** stehen vor dem Verb:
  → ***das** **L**achen, **das** **T**urnen, **das** **S**ammeln*
  → ***ein** **L**äuten, **ein** **S**eufzen, **ein** **R**ascheln*
- Eine **Präposition** (mit Artikel verschmolzen) steht vor dem Verb:
  → ***zum** **Umb**lättern, **beim** **K**üssen, **fürs** **W**aschen*
- Ein **Pronomen** (Fürwort) steht vor dem Verb:
  ***ihr** **S**ingen, **dieses** **J**ammern, **jenes** **K**ichern, **sein** **H**usten*
- Ein **gebeugtes Adjektiv / Partizip** steht vor dem Verb:
  → ***heftiges** **S**chnarchen, **lautes** **G**rummeln, **echtes** **L**ieben*

*Du schreibst das Verb groß, wenn der bestimmte oder der unbestimmte Artikel beim Verb steht, oder wenn du ihn in Gedanken einsetzen kannst, und der Sinn des Satzes trotzdem gleichbleibt.*

**75** *

Bilde Sätze aus den vorgegebenen Satzbausteinen und markiere die Signalwörter.

*Lautes Schreien ▪ unsere Nachbarn ▪ gar nicht ▪ mögen ▪ .*
*Lautes Schreien mögen unsere Nachbarn gar nicht.*

**1** Zum Lernen ▪ ich ▪ aber jetzt wirklich ▪ keine Lust ▪ haben ▪ !

______________________________

**2** Fürs Üben ▪ ich mir ▪ einen eigenen Stift ▪ gekauft haben ▪ .

______________________________

3 Ein heftiges Lachen ▪ aus Ivo ▪ herausbrechen ▪ .

______________________________________________

4 Evas *(Ihr)* Kichern ▪ ihn ▪ hatte angesteckt ▪ .

______________________________________________

5 Es ▪ wirklich ▪ zum Schreien ▪ komisch ▪ war ▪ .

______________________________________________

6 Meine Schwester ▪ mit ▪ ihrer Freundin ▪ beim Shoppen ▪ sein ▪ .

______________________________________________

**76** ✱✱ Trage die Signalwörter aus der Box richtig ein. Ergänze auch den Anfangsbuchstaben des nominalisierten Verbs.

zum ▪ sein ▪ ihr ▪ zum ▪ ~~Beim~~ ▪ beim ▪ ins ▪ das ▪ regelmäßiges ▪ Lautes

*Beim* ________ *W* _andern haben wir etliche Blindschleichen gesehen. **(wandern)**

1 Wie lange brauchst du denn noch ____________ __bwaschen? *(abwaschen)*

2 Meine Katze genießt ____________ __treicheln und schnurrt. *(streicheln)*

3 Und ____________ __aaren, stört dich das nicht? *(haaren)*

4 Naja, ____________________________ __ürsten hilft. *(bürsten)*

5 Ich habe ____________ __ben fast die Zeit vergessen. *(üben)*

6 Lina findet dieses Lied ____________ __iederknien schön. *(niederknien)*

7 Oh Mann, ____________ __örgeln ist anstrengend. *(nörgeln)*

8 Bei der Prüfung geriet ich plötzlich ____________ __tocken. *(stocken)*

9 ____________ __ärmen und __pielen ist im Hof untersagt. *(lärmen, spielen)*

TIPP

Wenn du deine **Hobbys** ausdrückst oder was du – **ganz allgemein** – gerne oder nicht gerne magst und tust, dann verwende die **Großschreibung**. Außerdem kannst du gedanklich einen Artikel davorsetzen.

→ *Meine Hobbys sind (das) Schwimmen und (das) Lesen.*

→ *Ich mag (das) Schwimmen und (das) Lesen.*

Wissen
Üben

**ACHTUNG**

Wenn du allerdings ausdrückst, was du **jetzt** – in **diesem Moment** – gerne oder nicht gerne tun würdest, dann verwende die **Kleinschreibung**.

→ *Jetzt mag ich schwimmen.*

→ *Später mag ich noch lesen.*

**77** ✱✱ Trage die Anfangsbuchstaben aus der Box richtig ein.

W ▪ W ▪ W ▪ M ▪ Z ▪ T ▪ T ▪ H ▪ S ▪
~~L~~ ▪ L ▪ L ▪ L ▪ L ▪ R ▪ K ▪ s ▪ b ▪
z ▪ l ▪ k ▪ t ▪ g ▪ z ▪ w

**1** Beim L aufen muss man auf die Technik achten, sonst __chmerzen die Knöchel.

**2** Ernesto mag __aufen und __esen, __chwimmen macht ihm weniger Spaß.

**3** Nach dem verpatzten Match war allen zum __eulen zumute.

**4** Meine Eltern lieben das __anzen. Sie __esuchen wieder einen Kurs.

**5** Echt? Darf ich ihnen beim __anzen einmal __uschauen? Ich möchte es auch __ernen!

**6** Ja, __omm zu uns und wir __anzen gemeinsam. Ich habe beim __uschauen und __ittanzen schon viel __elernt.

**7** Ich habe jetzt keine Lust zum __eden, kann ich dich später __urückrufen?

**8** Sein __ügen finde ich nicht in Ordnung.

**9** Der Wollpullover ist durch das häufige __aschen verfilzt. Man sollte bei Wolle häufiges __aschen vermeiden. Wolle also bitte nicht zu oft __aschen.

**10** Ist ja gut. Nach diesem __iederholen habe ich es verstanden! ☺

**11** Es war dunkel und ich hörte ein fieses __ichern. Mir war gar nicht zum __achen!

**ACHTUNG**

Manche Verben sind mit anderen Wörtern fix verbunden. Wenn du diese Verbindungen als Nomen verwendest, musst du sie **groß- und zusammenschreiben**. Denn du weißt ja: Ein Artikel kann immer nur zu **einem** Wort gehören, als schreibt man zusammen.

*Fußball spielen* → *beim (bei dem) Fu**ßb**allspielen*
*arbeiten gehen* → *vorm (vor dem) Arbeite**ng**ehen*
*verlassen werden* → *das Verlasse**nw**erden*
*gemeinsam lernen* → *fürs (für das) Gemeinsa**ml**ernen*

Wissen
Üben

**78** *

**Ergänze in den folgenden Sätzen jeweils die fehlende Form. Die Wörter aus der Achtung-Box auf Seite 46 helfen dir. Achte auf die Groß- und Kleinschreibung nach dem Signalwort.**

1 Philip geht jeden Samstag zum ______________________________.
Dieser Sport macht ihm riesigen Spaß.

2 Meine Mutter muss heute in der Nacht noch arbeiten gehen. Vorm ______________________________ essen wir immer gemeinsam zu Abend.

3 In vielen Märchen geht es ums ______________________________. Wenn Kinder verlassen werden, bestehen sie dann meist Abenteuer und werden Helden.

4 Ich möchte lieber mit dir ______________________________. Fürs Gemeinsamlernen kann ich mich leicht motivieren.

**79** ***

**Lies dir den Abschnitt „Nominalisierung von Verben" (S. 44–46) noch einmal genau durch. Dann kannst du sicher die folgenden Lücken richtig ergänzen.**

1 Beim S̲chwimmen und __aufen ist Luisa höchst motiviert.

2 Lilos Hobbys sind __esen und __ennisspielen.

3 Wir brauchen zum __ochen mehr Töpfe. Zu __ochen ist ganz schön viel Arbeit!

4 Wir müssen noch __ufräumen und die __äsche __ügeln.

5 Ich habe keine Lust aufs __ufräumen, kannst du das nicht __lleine __achen?

6 Meine Schwester geht gerne __eiten, aber sie hat ein bisschen Angst vorm __türzen.

7 Miro konnte mit sechs Jahren schon __esen, jetzt mag er das __esen immer noch.

## B Nominalisierung von Adjektiven und Partizipien

**REGEL**

Du kannst auch **Adjektive** und **Partizipien** mit den **Signalwörtern** für die **Großschreibung** nominalisieren.

- **bestimmter / unbestimmter Artikel**
  → *die Kleine, eine Unbekannte, der Neue*
- **Pronomen**
  → *jener Kluge, dieses Rot, mein Liebstes*
- **Präposition (oft mit Artikel verschmolzen)**
  → *ins Schwarze (treffen), im Klaren (sein), vom Größten zum Kleinsten, im Geheimen, im Großen und Ganzen*



Wissen
Üben

*Bei den Präpositionen mit Artikeln ist – sozusagen – der Artikel in das Wort „eingebaut". Zum Beispiel: ins = in das, im = in dem, vom = von dem, zum = zu dem, im = in dem*

**REGEL**

Nur für Adjektive gilt:
Wenn das **Adjektiv / Partizip selbst gebeugt ist**, schreibt man es auch groß. Oft steht in so einem Fall ein **unbestimmtes Zahlwort** (***viel***, ***wenig***, ***allerlei / alles***, ***manches***, ***nichts***, ***etwas***, ***einiges***) davor.
***viel Neues***, ***etwas Schönes***, ***allerlei Spannendes***,
***manch Verhextes***, ***alles Weitere***, ***einiges Wertvolle***

**TIPP**

Erinnere dich an die **Artikelprobe**:
Wenn du gedanklich einen **Artikel einsetzen** kannst, dann schreibe das Adjektiv **groß**.
*Dich wird Schönes erwarten!*
Probe: *Dich wird **das** Schöne erwarten!*

Wissen
Üben

**80** Trage die Nominalisierungen aus der Box passend in die Sätze ein.

*

das Unberechenbare ▪ einiges Altes und Wertvolles ▪ viel Neues ▪ ins Schwarze ▪ ~~etwas Süßes~~ ▪ in leuchtendem Orange ▪ Dieses Rot
Der Neue

1 Kannst du mir bitte ___*etwas Süßes*___ aus der Lade mitbringen?

2 Ich habe heute ________________ gelernt.

3 In dem Museum gibt es ________________ zu bestaunen.

4 Mit ihrer Bemerkung traf Alina genau ________________.

5 ________________ in der Klasse ist noch recht still.

6 Ich liebe ________________ an meiner Katze.

7 ________________ ist aber schon sehr auffällig!

8 Die Uniformen der Müllabfuhr sind ________________ gehalten.

**ACHTUNG**

Bei Adjektiven ist **„am"** meistens **kein Signalwort**, sondern der Superlativ. Du kannst mit **„Wie?"** fragen.

*Am nötigsten brauchen die Menschen sauberes Wasser.*

→ (**Wie** brauchen sie Wasser? – **am** nötigsten)

Wenn du „am" in „an dem" zerlegen kannst, ist es ein Signalwort und du schreibst das Adjektiv groß. Das ist aber nur selten so.

*Den Menschen fehlt es am Nötigsten.*

→ (**Woran / An was** fehlt es? – **an dem** Nötigsten)

**ACHTUNG**

Wenn allerdings **Adjektive vor einem Nomen** stehen, dann musst du sie **kleinschreiben**, auch wenn ein Artikel oder Pronomen davorsteht. Der Artikel oder das Pronomen bezieht sich dann auf das Nomen.

*das / dieses **k**aputte Handy*

*deine **n**eue Haube*



**81** ✱✱ **Groß- oder Kleinschreibung? Lies genau und ergänze die Lücken richtig. Achte darauf, ob sich der Artikel oder das Pronomen auf ein Nomen bezieht. Markiere das Signalwort, wenn du das Adjektiv großschreibst.**

> *Eine Unbekannte überfiel gestern gegen Mittag die Bank.*

1 Die __nbekannte Täterin flüchtete mit einem Fahrrad.

2 Dieser Weg ist am __teilsten, er ist nur für die __eübtesten begehbar.

3 Mein Kater ist das __iebste Tier, das ich kenne.

4 Tim und Tom waren sich nicht darüber im __laren, dass sie in Gefahr waren.

5 Tim und Tom, ist euch __lar, dass das gefährlich ist?

6 Mein kleiner Bruder liebt grelles __ink.

7 Mag er auch seine __inke Kleidung?

8 Von allen in der Gruppe singt Daria am __esten.

9 Sie ist die __este Sängerin in der Klasse.

10 Das neueste Lied der Band trägt den Titel „Du bist das __este, das mir je passiert ist."

**82** ✱✱✱ Schreibe die Sätze in Schreibschrift auf die Zeilen.

1 LINAERKENNTMANAMLACHEN. SIELACHTVONALLENAMLAUTESTEN.

______________________________

______________________________

2 MIRGEFÄLLTDIESERSONGAMBESTEN. DASISTDERBESTESONG.

______________________________

______________________________

**ACHTUNG**

Bei Präpositionen musst du genau schauen:

- Ist ein **gebeugtes Adjektiv** mit einer **Präposition verbunden**, darfst du **groß- oder kleinschreiben**.
  → ***seit*** *langem / Langem;* ***vor*** *kurzem / Kurzem,* ***von*** *nahem / Nahem;* ***von*** *neuem / Neuem;* ***bei*** *weitem / Weitem*
- Ist ein **ungebeugtes Adjektiv** mit einer **Präposition verbunden**, schreibst du es ganz „normal" **klein**.
  → *von nah und fern, über kurz oder lang, durch dick und dünn, auf ewig, von klein auf*





**83** ✱✱ In diesem Text sind die farbigen Wörter in die falschen Sätze gerutscht. Suche das passende Wort, streiche es durch und schreibe es dann beim richtigen Satz auf die Zeile. Achtung: Ein Satz ist korrekt, hier musst du keine anderen Wörter ergänzen!

Petar und ich warten **durch dick und dünn** ___*seit Langem*___ auf eine Nachricht von Tufan. **Von Nahem** ______________ noch hat er geschworen, dass wir gemeinsam ~~seit Langem~~ ______________ gehen würden. Wir wollten **auf ewig** ______________ Freunde sein. Tufan, Petar und ich kennen uns **bei Weitem** ______________. **Vor Kurzem** ______________ sehen wir aus wie Drillinge, dabei kommen wir drei **von klein auf** ______________. Tufans Eltern stammen aus Syrien, Petars Eltern aus Montenegro, meine Mutter aus Tschechien und mein Vater aus Deutschland. Doch das sind **von nah und fern** ______________ noch nicht alle Unterschiede zwischen uns. Trotz aller Streitigkeiten bekräftigen wir immer wieder von Neuem unsere Freundschaft.

**84** ✱✱✱ Lies noch einmal alle Informationen zur Nominalisierung von Adjektiven und Partizipien (S. 47–50). Ergänze dann die fehlenden Buchstaben in den Sätzen und markiere die Signalwörter. Mach die Artikelprobe, wenn du unsicher bist.

> *Elvira hat mir aus dem Urlaub etwas B esonderes mitgebracht.*

**1** Danke, du hast heute beim Match __erausragendes geleistet!

**2** Was ist denn so speziell an dem __euen Fahrrad? – Das __eniale ist, dass man den Lenker stufenlos umstellen kann.

**3** OMG, das soll __ut aussehen? Das einzig __ute ist, dass du das Foto noch nicht auf die Schulwebsite gestellt hast!

**4** Schau mal, das sind unsere __oten Dressen. – Wow! Dieses __ot sieht echt toll aus!

**5** Jetzt habe ich dich doch glatt verwechselt! Von __ern siehst du aus wie dein Bruder, aber von __ahem natürlich überhaupt nicht mehr.

**6** Das war bei __eitem der __este Film, den ich seit __angem gesehen habe. Am __esten spielte die Nebendarstellerin.

**7** Wir überlegten uns allerlei __paßiges für den Wettbewerb.

## C Tageszeitangaben und Wochentage

**REGEL**

- **Tageszeitangaben** und **Wochentage** schreibst du **groß**, wenn du sie als **Nomen** verwendest, also zum Beispiel einen **Artikel** oder ein **Zeitadverb** davorstellst, z. B.: ***der M**orgen, **die** / in **der F**rüh, **heute M**orgen, **gestern N**acht* (Spezialfall: *heute früh / Früh, Dienstag früh / Früh, morgen früh / Früh – aber: **früh** aufstehen*)

- Wenn du Angaben aus **Tageszeiten** und **Wochentagen** **zusammensetzt**, so schreibst du diese **groß**. ***M**ittwochabend, **S**onntagvormittag*

**ACHTUNG**

- **Adverbien (Umstandswörter)** der Zeit schreibst du **klein**.
  Du kannst sie aber durch ein Signalwort nominalisieren.
  → *gestern, heute, übermorgen, jetzt, täglich, früh*
  → *das Gestern, kein Morgen, im Jetzt*

- Wenn etwas **regelmäßig wiederholt** wird, schreibst du **Wochentage und Tageszeiten** mit der **Endung -s klein**.
  → *dienstags, morgens, abends (Ich putze mir immer morgens die Zähne.)*

Wissen
Üben

**85** ✱ Trage die Zeitangaben aus der Box richtig in die Sätze ein.

Freitag ▪ Jetzt ▪ zu Mittag ▪ montags ▪ Sonntagvormittag ▪ ~~morgens~~ ▪ Morgens ▪ Morgen

1 Mein Kater will ___*morgens*___ immer ein paar Streicheleinheiten.

2 Kommst du mich am ______________ besuchen? Am Samstag habe ich dann nämlich keine Zeit.

3 Jeden ______________ geht meine Tante zum katholischen Gottesdienst.

4 Manchmal vergesse ich ______________ in der Früh, dass das Wochenende vorbei ist.

5 Nach langer Wanderschaft kam der Bursch eines ______________ in ein Dorf.

6 Der Trainer lud uns ______________ zum Essen ein.

7 Er lebt ganz im ______________ und denkt nicht an das ______________.

**86** ✱✱ In diesem Text sind die Zeitangaben durcheinandergeraten. Schreibe sie richtig auf die Zeilen. Achte auch auf die Groß- und Kleinschreibung.

Jeden RGENMO ___*Morgen*___ geht Herr Braun mit seinem Dackel Brownie spazieren. Als er GEERSTN ______________, am DIENTRGAGMSOEN ______________, seine Runde drehte, fühlte sich Brownie wie immer wohl. Er machte sich keine Sorgen und war ganz im EZTJT ______________. Glücklich und froh trabte er seine Schnüffelspuren entlang und dachte nicht ans GMOREN ______________. Auch das GEERSTN ______________ war ihm egal. Er wusste, dass er TGLCHIÄ ______________ sein Fressen und BNDSAE ______________ sein Körbchen hatte.

**87** ✱✱✱ **Ergänze in den folgenden Sätzen die richtigen Anfangsbuchstaben.**

1 Du musst die Salbe _t_äglich __bends und __orgens auftragen.

2 Mein Vater muss schon sehr __rüh aufstehen.

3 Ich bin in der __rüh meistens eher schlecht gelaunt.

4 Wir waren __orgestern __bend im Kino.

**88** ✱✱✱ **Schau genau! Finde und korrigiere die drei Fehler bei der Schreibung der Tageszeitangaben und Wochentage.**

Am Montagmorgen mussten die Hexenschülerinnen und -schüler schon um 10 Uhr aufstehen, damit sie zu mittag pünktlich in der Schule waren. Denn montags war die erste Einheit immer Kochen. Nachdem sie das Mittagessen herbeigehext und gegessen hatten, stand am Montag Nachmittag Hausarbeit am Programm. Da wurden Haushaltsgeräte erfunden und bewegt, bis zum späten Abend. Die Schülerinnen und Schüler mussten nachts die wilden Tiere im Wald füttern und durften erst am frühen Morgen nach Hause fliegen. Dafür hatten sie jeden Dienstag frei und mussten mittwochs im Homeschooling von Früh bis spät Arbeitsblätter ausfüllen.

Wissen
Üben

## D Zahlwörter und Bruchzahlen

**REGEL**

- Bei den folgenden **Zahlwörtern** ist die **Groß- und Kleinschreibung** erlaubt:
  → *Dutzende / dutzende, Hunderte / hunderte, Tausende / tausende*
- **viel, wenig, einige,** der / die / das **eine** / **andere** / **meiste** schreibst du in allen Formen **klein**.
  → *Wir suchten nach den anderen, aber fanden nur wenige.*
  → *Es gab viele, die mithalfen. Die meisten taten es gerne.*
- Alle anderen unbestimmten Zahlfürwörter schreibst du immer **klein**:
  → *für alle, mit keinem, keine / keiner / keines, die beiden, jede / jeder / jedes, jedermann, man, niemand*
- **Bruchzahlen** auf **-tel** oder **-stel** schreibst du **vor Maßangaben** entweder **getrennt** und **klein** oder als ein Nomen **zusammen** und **groß**.
  → *ein **viertel Liter** / ein **Viertelliter**, eine **hundertstel Sekunde** / eine **Hundertstelsekunde***

**89** ✱✱ **Ergänze die fehlenden Buchstaben. Tipp: Schreibe beide Formen hin, wenn die Groß- und Kleinschreibung gültig ist. Lies im Zweifelsfall in der Regel-Box nach.**

1 Bei der Demonstration waren T/tausende Menschen anwesend.

2 Die ____eisten verhielten sich friedlich.

3 Transparente hatten auch ____iele dabei und es wurden ____underte Flugblätter verteilt.

4 Gab es auch Ansprachen? Ja, ____inige.

5 Der Sieger entschied mit einer ____undertstel____ekunde Vorsprung das Rennen für sich.

6 Du brauchst für den Kuchen auch einen ____chtel ____iter Kirschsaft.

7 Dass du dagegen bist, das ist das ____ine, das ____ndere ist, dass uns keine Wahl bleibt.

8 Wo sind denn die ____nderen? Ich sehe nur so ____enige!

9 Lina und Lutz? Wo sind denn die ____eiden?

**90** ✱✱✱ **Finde und korrigiere die drei Fehler bei den Zahlwörtern.**

Vor unserer Fahrradtour trafen wir uns Dutzende Male. Es gab immer Vieles zu bedenken: Welche Route wählen wir, was mussten wir alles einpacken? Die Tour sollte für jede und jeden interessant, für keine und keinen zu leicht, aber auch für Niemanden zu schwierig sein. Außerdem wollten wir uns entlang des Weges einiges anschauen, damit wir danach vor den anderen auch angeben konnten ☺. Weil es sehr heiß war, packte ich einige große Flaschen Wasser in die Satteltaschen. Die Beiden waren mit Essen, Regenausrüstung und dem Wasser rasch gefüllt. Ich hatte aber noch anderes, was ich mitnehmen wollte!

## E Anredepronomen

**REGEL**

- Die **höfliche Anrede** mit „Sie" und davon abgeleitete Pronomen schreibst du **groß**.
- Die **freundschaftliche Anrede** mit „du/ihr" und die davon abgeleiteten Pronomen schreibst du **klein**.

**ACHTUNG**

Wenn du jemandem schreibst, mit dem du per Sie bist, musst du natürlich auch die **besitzanzeigenden Fürwörter** großschreiben!

→ *Bringen Sie bitte **Ihre** Dokumente mit.*

Aber: ***Die Kinder** bringen **ihre** Dokumente zum Schalter.*



**91** * * Trage die Anredepronomen aus der Box richtig in den Text ein.

~~eure~~ ▪ euch ▪ ihr ▪ euer ▪ euch ▪ eure ▪ ihr ▪ eure ▪ Ihre ▪ Sie ▪ Sie ▪ Ihnen ▪ Ihren ▪ ihrer

Liebe Schülerinnen und Schüler der Klassen 3A und 3B,

für das bevorstehende Schulfest brauchen wir _eure_ Klassenräume. Bitte räumt alles, was ________ persönlich gehört, aus euren Bankfächern. Was Platz hat, könnt ________ in den Kästen oder den Spinden versperren. Den Wandschmuck könnt ihr belassen. Denkt aber daran, dass ________ selbst darauf achten müsst, dass die Gäste ________ Poster nicht herunterreißen oder beschädigen. Ich danke ________ sehr für ________ Verständnis und ________ Mithilfe!

Liebe Eltern, wir bitten ________ und ________ Kinder um Unterstützung: Bitte helfen ________ ________ Kindern beim sicheren Verstauen ________ Schulsachen. Ich danke ________,

Rosa Bauer-Öztürk, Direktorin

**92** * * Ergänze in den folgenden Sätzen die richtigen Anfangsbuchstaben.

1 Liebe Lina, wie geht es _d_ir?

2 Sehr geehrte Frau Kasparov, wie geht es __hnen? Ich habe mich sehr über __hr E-Mail gefreut und möchte __hnen mitteilen, dass ich __hr Angebot annehme.

Bitte umblättern! ↺

3 Wo habt __hr __ure Fahrräder abgestellt?

4 Sag mal, wieso haben __eine Freundinnen ihre Sachen hiergelassen?

5 Tom, wo hast __u __eine Trainingssachen? Ich gebe __ure Wäsche jetzt in die Waschmaschine!

6 Hi Reza, ich möchte __ich fragen, ob du mir __eine Kaninchen zeigen kannst. Ich bekomme vielleicht auch welche und wäre froh über __eine Tipps. – LG Tina

7 Aufgrund des erhöhten Verkehrsaufkommens bitten wir __ie, den Stau großräumig zu umfahren. Ansonsten müssen __ie mit bis zu 45 Minuten Wartezeit rechnen.

8 Frau Markovic, hier spricht __hre Babysitterin. Wo haben denn __hre Töchter __hre Pyjamas? Wir finden __ie nicht, können __ie uns helfen?

9 Bitte gestatten __ie __hren Kindern das Radfahren im Hof nicht!

**93** ✱✱✱ **Finde die zwei Fehler bei den Anredepronomen im E-Mail und korrigiere sie.**

Neue Nachricht

Ina Meier — Senden

An: Omar Sarsy — cc bcc

Betreff: gestriger Ausflug

Lieber Omar,

ich berichte dir kurz vom Ausflug heute, dabei kann ich gleich die Anreden üben ☺. Die Museumsführerin hat uns nämlich gesiezt ☺! Wenn wir ihr zu laut wurden, hat Sie gerufen: „Ich bitte Sie um Ihre Aufmerksamkeit. Hier sehen Sie nämlich etwas ganz Besonderes. Das ist einer unserer Schätze!" OMG – du kannst dir vorstellen, dass wir uns ein bisschen komisch vorkamen. Andererseits fand ich es gar nicht so schlecht. Beim Abschlussfoto meinte sie: „Wir platzieren uns hier auf unsere Feststiege, sie ist im barocken Stil gestaltet und bekannt wegen ihrer wertvollen Vergoldungen. Bitte achten Sie auf ihre Taschen, damit Sie nichts beschädigen."
Okay, den Gefallen haben wir ihr getan! Bist du morgen wieder in der Schule?
LG Ina

## F Gemischte Übungen zur Groß- und Kleinschreibung

**94** ✱✱ **Hier sind die farbigen Wörter durcheinandergeraten. Suche das passende Wort, streiche es durch und schreibe es dann beim richtigen Satz auf die Zeile.**

1 Ich habe beim **Herausheben** ___Lesen___ die Zeit vergessen. Das ist das **Spannende** ______________ Buch, das ich bis jetzt kenne. – Was ist denn das **spannendste** ______________ daran?

2 Bei der Unfallstelle versammelten sich **Viertelliter** ______________ Schaulustige, um den Kranführer beim ~~**Lesen**~~ ______________ des beschädigten Schiffes aus dem Wasser zu beobachten.

3 Wir treffen uns morgen in der **Donnerstag** ______________ zum Wandern. – Ui, aber bitte nicht zu **Mittwochabend** ______________, ich bin keine Frühaufsteherin.

4 Wir suchten **wenige** ______________ Pilze, fanden aber nur **viele** ______________.

5 Bring bitte einen **zahlreiche** ______________ Schlagobers mit.

6 Kommst du am **früh** ______________ oder doch erst am **Früh** ______________ am Morgen?

**95** ✱✱✱ **Groß oder klein? Ergänze die Lücken im folgenden Text. Achte auf die Signalwörter.**

Harry erstarrte. Er wusste, dass Hagrid ihm nie absichtlich etwas _G_efährliches schicken würde, allerdings hatte der Wildhüter seine eigenen Auffassungen von dem, was __efährlich war. […] Aus dem __nnern kam erneut ein __autes __chnappen. Er nahm die Lampe vom Nachttisch, packte sie fest mit der einen Hand und hob sie über den Kopf, bereit zum __uschlagen. Dann nahm er das __estliche Packpapier in die Hand und riss es herunter. Und heraus fiel – ein Buch. […] Geräuschvoll fiel das Buch vom Bett und schlurfte rasch durch das Zimmer. Harry folgte ihm __orsichtig. Das Buch versteckte sich im __unkeln unter seinem Schreibtisch. Harry flehte zum Himmel, dass die Dursleys noch tief __chlafen mochten, ließ sich auf die Knie nieder und streckte die Hand nach dem Buch aus […] Harry __irbelte herum, warf sich mit einem __prung auf das Buch

Bitte umblättern! ↺

Wissen | Üben

und presste es __lach auf den Boden. Im Zimmer nebenan ließ Onkel Vernon ein __autes, __chlaftrunkenes __runzen hören. Hedwig und Errol beobachteten interessiert, wie Harry das __iderspenstige __uch fest unter den Arm klemmte, zur Kommode hinüberstürzte, einen Gürtel herauszog und ihn stramm um das Buch schnürte. Das Monsterbuch __itterte __ornig, doch es konnte jetzt nicht mehr __lappen und __chnappen.

J. K. Rowling: Harry Potter und der Gefangene von Askaban. Hamburg : Carlsen Verlag GmbH 2017, S. 9

**96** ✱✱✱ **Finde alle falschen Buchstaben der Groß- und Kleinschreibung. Schreibe sie auf die kurze Zeile und ordne sie dann in die beiden Lösungswörter ein. Gemeinsam beschreiben sie, wie Elena läuft und du die Übung gelöst hast.**

A, ______________________________

LÖSUNGSWORT: W __ R __ L __ C H F __ __ __ L __ __ __ T!

1 Elena ist die schnellste Läuferin von uns ~~A~~llen, sie ist einfach die beste. *a*

2 Sie trainiert schon seit langem und ist eine der wenigen, die man auch bei Bewerben nicht nervös machen kann.

3 Alles Hektische liegt ihr fern. Sie ist gut beim Konzentrieren und beim Einteilen Ihrer Kraft.

4 Zu den Wettkämpfen kommen Freundinnen und Freunde von nah und fern, die meisten kennt sie schon von Klein auf, aber nicht Alle.

5 Auch heute in der Früh hat sie fleißig trainiert. Sie steht gerne Früh auf.

6 Am Mittwochabend treffen wir uns und gehen gemeinsam zum Schwimmen.

7 Ich kann schneller schwimmen als Elena, nicht viel, aber doch mehr als nur eine hundertstelsekunde. ☺

8 Bei der vorigen Siegerehrung meinte der Preisrichter: „Fräulein Elena, erlauben Sie, dass ich Ihnen ihre Medaille überreiche!" – Von uns fanden das Einige übertrieben, aber Elena freute sich, dass ihre Leistung so wertgeschätzt wurde.

# Zusammen- und Getrenntschreibung

## A Verbindungen von Verb und Verb

**REGEL**

Verbindungen aus **Verb und Verb** schreibst du **getrennt**.

- **Infinitiv + Infinitiv oder Partizip II des Verbs:**
  → *spazieren gehen, spazieren gegangen*
- **Partizip II + Infinitiv oder Partizip II des Verbs:**
  → *getrennt schreiben, getrennt geschrieben*

Achtung: Wenn du diese Verbindungen zu einem Nomen machst, musst du sie zusammenschreiben:
→ ***Beim Kletternüben** habe ich mir den Knöchel verstaucht.*

Eine **Ausnahme** von dieser Regel ist das Verb „kennenlernen", du **kannst** es also auch **zusammenschreiben**:
→ *kennen lernen / kennenlernen*

**97** Trage die Wörter aus der Box richtig in die Sätze ein.

*

verhindern können ▪ reden lassen ▪ klettern üben ▪ liegen bleiben ▪ verloren gegangen ▪ lachen müssen ▪ wandern gegangen ▪ ~~einkaufen gehen~~ ▪ gefangen genommen ▪ baden gehen ▪ geschenkt bekommen ▪ getrennt schreiben ▪ erwischen lassen

1 Kannst du bitte kurz etwas *einkaufen gehen* ?
2 Bei dem Witz habe ich ______.
3 Sie durften sich dabei nicht ______.
4 Kannst du mich bitte auch mal ______?
5 Wie lange seid ihr denn gestern im Wald ______?
6 Schau, das habe ich zum Geburtstag ______!
7 Wo ist bloß mein Mathebuch ______?
8 Der gesuchte Verbrecher wurde ______.
9 Ich habe das leider nicht ______.
10 Komm, lass uns heute im See ______!
11 Diese Wörter musst du ______.
12 Sabrina möchte heute Nachmittag noch ______.
13 Pjotr ist noch ziemlich müde, er möchte noch etwas ______.

**98** ✱✱✱ **Finde und korrigiere die fünf Fehler bei den Verbindungen von Verb + Verb.**

Gestern wollten wir kletternüben und danach baden gehen. Vor zwei Wochen habe ich nämlich neue Kletterschuhe geschenkt bekommen. Leider tun sie noch weh. Ich muss sie erst eingehen. „Die wirst du noch schätzenlernen!", hat mein Vater mir versichert. Gestern habe ich trotzdem wieder die alten Schuhe genommen. Ich darf mich dabei aber nicht erwischen lassen, sonst werden sie von meinem Papa „gefangengenommen". Nachdem wir kletterngeübt hatten, sind wir im Schotterteich baden gegangen. Ich habe nicht verhindern können, dass ich lachen musste, als meine kleine Schwester mit ihren Einhornschwimmflügeln schwimmen übte. Leider sind sie auf dem Heimweg verlorengegangen. Morgen müssen wir daher neue Schwimmhilfen kaufen gehen. Ich werde fragen, ob ich mir ein Schnorchelset aussuchen darf.

Wissen
Üben

## B Verbindungen aus Nomen und Verb

**REGEL**

Verbindungen aus **Nomen und Verb** schreibst du **getrennt**.
→ *Fußball spielen, Not leiden, Schlange stehen, Rad fahren, Musik hören, Computer spielen, Gitarre spielen …*

**REGEL**

Auch für Verbindungen aus Nomen und Verben gilt: Wenn du sie **nominalisierst**, schreibst du sie **zusammen**.
→ ***Das** Fußball**sp**ielen ist ihre große Leidenschaft.*
→ *Er ist **beim** Rad**f**ahren gestürzt.*

**ACHTUNG**

Wenn es um deine Hobbys und Interessen geht, dann **nominalisierst** du die Verben – schreibe sie also **zusammen**.
**Probe:** Du kannst gedanklich „das" einsetzen.
→ *Meine Hobbys sind Schwimmen, Radfahren und Singen.*
→ *Iris liebt (das) Schwimmen, (das) Radfahren und (das) Singen.*

## 99 *

Welche Wörter gehören zusammen? Verbinde jeweils ein Wort aus beiden Spalten miteinander und schreibe mit jeder Verbindung einen kurzen Satz in dein Übungsheft.

| | | |
|---|---|---|
| ~~Rad~~ | abwaschen | Rad fahren |
| Geschirr | lesen | |
| Tee | ~~fahren~~ | |
| Maß | fahren | |
| Zeitung | nehmen | |
| Snowboard | trinken | |
| Gitarre | hören | |
| Musik | spielen | |

## 100 **

Ergänze in den folgenden Sätzen die richtige Schreibweise. Schau genau, ob es sich um eine „normale" Verbindung von Nomen und Verb handelt oder um eine Nominalisierung.

1 Jenny ist Diabetikerin. Sie muss ______Diät halten______. *(DIÄT / HALTEN)*

2 Das ______________________ ist für Diabetikerinnen und Diabetiker häufig lebensnotwendig. *(DIÄT / HALTEN)*

3 Bitte auf das ______________________ achten! *(ABSTAND / HALTEN)*

4 Meine Eltern vergessen beim ______________________ oft die Zeit. *(WALZER / TANZEN)*

5 Mein Bruder darf schon ______________________. *(AUTO / FAHREN)*

6 Du brauchst keine ______________________! *(ANGST / HABEN)*

7 Wir müssen schnell ______________________ *(ALARM / SCHLAGEN)*, der Papierkorb hat ______________________ *(FEUER / GEFANGEN)*.

8 Beim ______________________ *(MUSIK / HÖREN)*, singe ich immer lauthals mit.

**101** ✱✱✱ **Finde die drei Fehler bei den Verbindungen von Nomen und Verb. Achte auch auf die Nominalisierungen. Schreibe die Verbesserung auf die Zeile unter dem Text.**

Ich mag das Skateboardfahren nicht sonderlich gern. Vor dem Fallen muss man zwar keine Angst haben, aber das Rad fahren ist mir lieber. Ich kann mit einem Fahrrad besser umgehen als mit dem Skateboard. Früher konnte ich auch nicht gut Tennis spielen. Aber mit viel Training und Fleiß bin ich richtig gut geworden. Vor einiger Zeit besuchte ich sogar ein Match meiner Lieblingsspielerin in Wien. Vor dem Tennisstadion musste ich beim Kartenverkauf lange Schlangestehen. Gott sei Dank hatte ich mein Handy und meine Kopfhörer dabei, sodass ich beim Warten Musikhören konnte. Meine Mutter, die auch ein großer Tennisfan ist, begleitete mich zum Spiel. Wir bekamen ein spannendes Tennisspiel zu sehen und freuten uns umso mehr, als am Ende des Matches unsere Heldin mit einem Sieg vom Platz zog.

---

**REGEL**

Wie du bestimmt schon weißt, ist bei so genannten **verblassten Nomen** die Bedeutung des Nomens oft nicht mehr zu erkennen.
Merke dir: Wenn **verblasste Nomen** mit einem Verb verbunden sind, dann schreibt man diese Verbindungen **zusammen und klein**. Präge dir die folgenden Beispiele gut ein!

***irre-:** irreführen, irreleiten*
***preis-:** preisgeben*
***stand-:** standhalten*
***statt-:** stattfinden*
***teil-:** teilnehmen*
***kopf-:** kopfstehen*
***eis-:** eislaufen*
***schlaf:-** schlafwandeln*
***heim-:** heimfahren / heimgehen / heimkehren*
***leid-:** leidtun*

Wenn durch die Konjugation (Beugung) des Wortes der erste Teil **abgetrennt** wird, dann muss er weiterhin **kleingeschrieben** werden.
→ *Saleh nimmt am Ausflug **teil**.*

**102** ✱✱ **Trage die Wörter aus der Box richtig in die Sätze ein. Achtung, manchmal musst du die verblassten Nomen als Partizip oder getrennt eintragen – die Beispiele zeigen es dir vor.**

stattfinden ▪ eislaufen ▪ ~~preisgeben~~ ▪ teilnehmen ▪ stattfinden ▪ standhalten ▪ ~~irreführen~~

1 Kalid gibt das Geheimnis nicht ______ *preis* ______.

2 Mit betrügerischen E-Mails werden immer wieder Leute ______ *irregeführt* ______.

3 Wird die Brücke der Last ____________?

4 Im Winter fahre ich gerne Schi und ich ____________ gerne ____________.

5 Wann ____________ denn deine Party ____________?

6 Alle wollten an dem Ausflug ____________.

7 Hat die Versammlung schon ____________?

**103** ✱✱ **Lies noch einmal alle Informationen zu Verbindungen aus Nomen und Verb (S. 60–62). Unterstreiche dann in den folgenden Sätzen die richtige Schreibweise, streiche die falsche Schreibweise durch.**

1 Achtung, der Stuhl bricht. Er kann dem Gewicht nicht <u>standhalten</u>/~~Stand halten~~.

2 Meine kleine Schwester geht nachts öfter schlafwandeln/Schlaf wandeln.

3 Wir gehen radfahren/Rad fahren. Kommst du mit?

4 Beim Musikhören/Musik hören vergesse ich immer die Zeit.

5 Ich will noch nicht Heim fahren/heimfahren! Ich will Spaß haben/Spaßhaben.

6 Hast du alles eingepackt, was du zum Schifahren/Schi fahren brauchst?

7 Ich kann leider am Ausflug nicht teilnehmen/Teil nehmen.

8 Er ist so im Stress. Er steht kopf/Kopf.

9 Pass auf, dass die Bilder beim Speichern nicht auf dem kopf/Kopf stehen.

10 Achtung! Hier müssen wir Abstandhalten/Abstand halten.

11 Ich habe jetzt keine Lust aufs Klavierspielen/Klavier spielen.

12 Lola singt mit Leidenschaft beim Geschirrabwaschen/Geschirr abwaschen.

13 Findet das Rennen auch bei Schlechtwetter statt/Statt?

14 Ich weiß nicht, ob es dann stattfinden/Statt finden wird.

## C Verbindungen aus Adjektiv und Verb

**REGEL**

- Verbindungen aus **Adjektiv und Verb** schreibt man grundsätzlich **getrennt**.
  → *gesund leben, schnell laufen, frei sprechen (beim Referat)*
- Wenn sich eine **neue, übertragene Bedeutung** ergibt, die **nicht wörtlich** gemeint ist, dann schreibst du **zusammen**.
  *freisprechen (vor Gericht), schwarzfahren (ohne Fahrschein fahren), festnehmen (einen Dieb), schwerfallen (Schwierigkeiten haben), gutschreiben (anrechnen, eine Gutschrift bekommen), schwarzmalen (pessimistisch sein, stilllegen (auflösen, abschalten), lahmlegen (stoppen, ausschalten)*

**104** *
Welche Adjektive und Verben passen zusammen? Trage die Verbindungen richtig in die Sätze unter den Bildern ein.

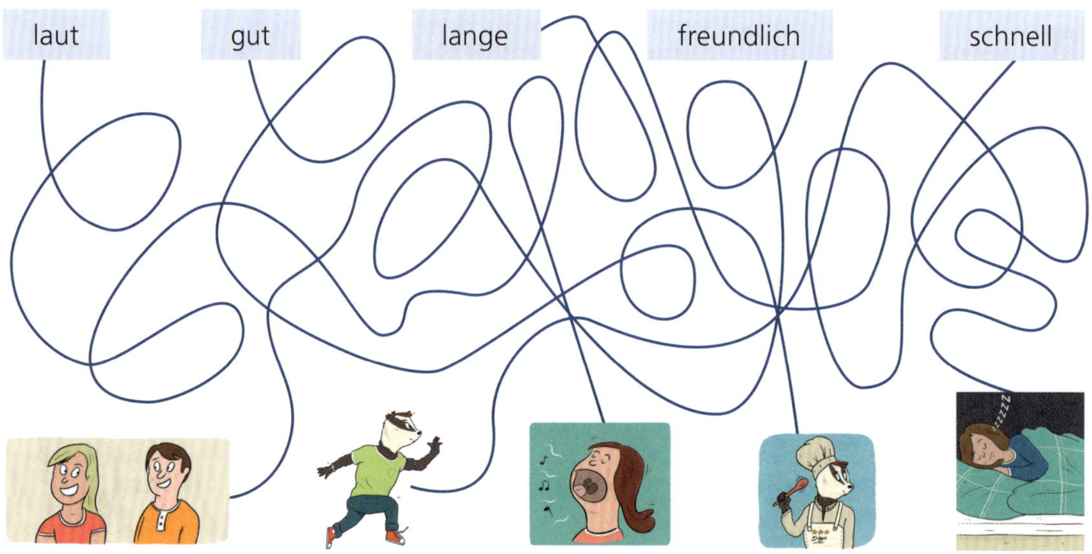


1 Die Soldaten müssen vor dem Palast wachen und dürfen dabei die Touristen nicht

_______________ _______________.

2 In den Ferien kann ich _______________ _______________.

3 Mein Bruder kann wirklich _______________ _______________.

4 Du sollst nicht so _______________ _______________! Ich komme nicht nach!

5 Mein Papa _______________ _______________ in der Dusche, er liebt das. Wir nicht. ☺

**105** ✱✱ **Bilde aus den Adjektiven (linke Spalte) und den Verben (rechte Spalte) Verbindungen mit einer neuen Bedeutung und trage sie richtig in die Sätze ein.**

| | |
|---|---|
| ~~fest~~ ▪ schwer ▪ lahm ▪ schwarz ▪ schwarz ▪ gut ▪ still | gelegt ▪ gefahren ▪ gefallen ▪ malen ▪ legen ▪ ~~genommen~~ ▪ geschrieben |

1 Die Polizei hat die Betrügerin bereits *festgenommen* ______.

2 Die Aufgabe ist mir nicht ______.

3 Die Baustelle hat den Verkehr lange ______.

4 Ich habe mein Geld nicht zurückbekommen, aber das Geschäft hat die Summe für den nächsten Einkauf ______.

5 Die Gemeinde will die Regionalbahn ______.

6 Sei doch nicht so pessimistisch! Du musst nicht so ______!

7 Natürlich bin ich noch nie mit dem Bus ______.

**106** ✱✱ **Trage die Wörter in der richtigen Schreibung ein. Überlege: wörtliche Bedeutung (= getrennt) oder übertragene, neue Bedeutung (= zusammen)?**

1 Ich will das nicht grün, sondern *schwarz malen* ______. *(SCHWARZ / MALEN)*

2 Ich will nicht ______, das finde ich uncool. *(SCHWARZ / FAHREN)*

3 Die Übung wird Sanel nicht ______. *(SCHWER / FALLEN)*

4 Schau wenig auf deine Notizen. Du sollst ______. *(FREI / SPRECHEN)*

5 Ich kann leider nicht ______. *(GUT / KOCHEN)*

6 Können Sie mir den Betrag bitte ______? *(GUT / SCHREIBEN)*

7 Du musst die Enden des Seils ______, sonst rutschen sie davon. *(FEST / NEHMEN)*

8 Die Spezialeinheit will die Täter ______. *(FEST / NEHMEN)*

**107** ✱✱✱ **Finde und korrigiere die drei Fehler bei der Getrennt- und Zusammenschreibung. Schreibe die Verbesserung auf die Zeile auf Seite 66.**

Heute ist mir das Aufstehen sehr schwer gefallen. Ich fühlte mich wie lahmgelegt. Am liebsten hätte ich gemütlich gewartet und dann in aller Ruhe gut gekocht. Aber so musste ich mich hübschmachen und schnell gehen, damit ich den Bus noch pünktlich erwischen konnte. Dort musste ich aber lange anstehen.

Bitte umblättern! ↺

Warum kann man diese Zeit nicht in der Früh als Schlafenszeit gutschreiben? Naja, zum Glück kann ich gut schreiben und habe beim Warten ein schön formuliertes Gedicht verfasst. Außerdem trug ich meine Lieblingssneakers, in denen ich besonders gutgehen kann.

## D Verbindungen aus Adjektiv und Adjektiv

**REGEL**

- Verbindungen aus **Adjektiv und Adjektiv** kannst du **getrennt** oder **zusammenschreiben**.
  → *schwer verständlich / schwerverständlich*
  → *allgemein gültig / allgemeingültig*
  → *leicht verdaulich / leichtverdaulich*
  → *super schlau / superschlau*

**ACHTUNG**

Du **musst** allerdings die Verbindung aus Adjektiv und Adjektiv **zusammenschreiben**:

- Wenn eines der beiden Adjektive **nicht alleine** vorkommt:
  → *mehrdeutig, zwiespältig*
- Wenn die beiden Adjektive **gleichrangig** sind und einander **näher bestimmen**.
  → *nasskalt, blaugrau, lauwarm*

**ACHTUNG**

Du **musst** die Verbindung aus Adjektiv und Adjektiv **getrennt** schreiben:

- Wenn das **erste** Adjektiv **erweitert oder gesteigert** wird:
  → *Das ist **sehr** leicht verständlich.*
  → *Das ist **besonders** schwer verdaulich.*
  → *Das ist **leichter** verdaulich.*
- Wenn der **erste** Teil auf **-ig**, **-lich** oder **-isch** endet:
  → *herz**lich** froh, schreck**lich** müde*
- Wenn der **erste** Teil ein **Partizip** ist.
  → *koch**end** heiß, **ge**stochen scharf*

Wissen
Üben

**TIPP**

Mit der folgenden **Probe** kannst du prüfen, ob zwei Adjektive **gleichranging** sind und du **zusammenschreiben** musst.
→ Du könntest (gedanklich) einen Bindestrich einsetzen und die Wörter (gedanklich) umdrehen, ohne dass sich der Sinn ändert. → *nass-kalt = kalt-nass*
Und hier die **Probe** für die **Getrenntschreibung:**
→ Du könntest keinen Bindestrich machen oder die Wörter umdrehen, weil das erste Wort „über" dem anderen steht:
→ *herzlich froh* → ~~*froh herzlich*~~

## 108 Trage die Wörter aus der Box richtig ein.

*

schwer verdaulich ▪ gestochen scharf ▪ eisig kalt ▪ ~~allgemein gültig / allgemeingültig~~ ▪ zwiespältig ▪ kochend heiß ▪ leicht verdauliche / leichtverdauliche

1 Diese Regeln sind allgemein gültig / allgemeingültig ______.

2 Kannst du bitte ______ Speisen kochen?

3 Rohe Gurken gelten als besonders ______.

4 Autsch! Das Wasser aus der Leitung ist ______!

5 Ja, und in den Duschen ist es ______! Brrr!

6 Schau mal! Mit der neuen Handykamera sind die Bilder ______.

7 Hm, ich bin mir einfach nicht sicher. Ich sehe das Ganze ______.

## 109 Schreibe die Wörter richtig in die Lücken.

***

1 Am Tag des Rennens schien die Sonne brennend heiß ______ *(BRENNEND / HEIß)* vom Himmel.

2 Ich bin ______, dass alles gut ausgegangen ist. *(HERZLICH / FROH)*

3 Bei diesem ______ Wetter will niemand nach draußen. *(NASS / KALT)*

4 Vor dem Referat war ich ______. *(SCHRECKLICH / NERVÖS)*

Bitte umblättern!

5 Oh nein! Ich glaube, ich habe dein Handy ____________________.
*(KAPUTT / GEMACHT)*

6 Bringst du bitte ____________________ Wasser zum
Saubermachen? *(LAU / WARM)*

7 Jetzt mach nicht so eine ____________________ Miene!
*(BITTER / BÖSE)*

8 Ich bin aber ____________________! *(RASEND / WÜTEND)*

9 Dieses Gebiet war schon in der Antike ____________________.
*(DICHT / BESIEDELT)*

10 Kannst du diese Gebrauchsanleitung entziffern? Ich finde sie ____________
____________________. *(SEHR SCHWER / VERSTÄNDLICH)*

11 Was ist daran ____________________?
*(SCHWER / VERSTÄNDLICH)* Man muss nicht ____________________ sein,
um das zu verstehen. *(SUPER / SCHLAU)*



## E Gemischte Übungen zur Getrennt- und Zusammenschreibung

**110** Trenne die Wörter und schreibe die Sätze in Schreibschrift auf die Zeilen.
✱✱

1 LASS|UNSDOCHAMSEERUDERNGEHEN.
*Lass ...* ____________________

2 WILLSTDUBEIMFUßBALLSPIELENMITMACHEN?
____________________

3 IMWINTERGEHEICHOFTEISLAUFEN.
____________________

4 WENNTIMOHEUERSITZENBLEIBT,MUSSERINEINEANDEREKLASSE.
____________________

**111** Ergänze die Wörter in der richtigen Schreibweise.
✱✱

Wenn irgendetwas den Sieg der Gryffindoors *endgültig besiegelte* ____________
*(ENDGÜLTIG / BESIEGELTE)*, dann dies. Ron, der sich zu Harry durchgekämpft hatte, krümmte sich vor Lachen, während sie Malfoy zusahen, wie er sich aus seinem Umhang,

in dem immer noch Goyles Kopf steckte, ______________________________ *(FREI / ZU / STRAMPELN)* versuchte. „Komm mit, Harry!", sagte George, der sich ebenfalls durchgedrängelt hatte. „Fete ist angesagt! Jetzt gleich im Gemeinschaftsraum!" „Gut!", sagte Harry, der sich seit Ewigkeiten nicht mehr so ______________________________ *(GLÜCKLICH / GEFÜHLT)* hatte. Er ging mit den anderen Spielern, immer noch in den ______________________________ *(SCHARLACH / ROTEN)* Umhängen, voran, aus dem Stadion hinaus und zurück ins Schloss. […] Nur eine nahm nicht an den Festlichkeiten ____________ *(TEIL)*. Hermine, es war nicht zu fassen, saß tatsächlich in einer Ecke und versuchte […] zu lesen. Harry löste sich von dem Tisch […] und ging zu ihr hinüber. „Warst du wenigstens beim Spiel?", fragte er sie. „Natürlich", sagte Hermine, ohne aufzusehen, mit ______________________________ *(MERKWÜRDIG / HOHER)* Stimme. „Und ich bin sehr froh, dass wir gewonnen haben, und du warst ______________________________ *(WIRKLICH / GUT)*, aber ich muss das hier bis Montag gelesen haben." „Komm schon, Hermine, iss doch wenigstens etwas", sagte Harry, blickte hinüber zu Ron und fragte sich, ob der so ______________________________ *(GUT / GELAUNT)* war, dass er das Kriegsbeil begraben würde.

J. K. Rowling: Harry Potter und der Gefangene von Askaban. Hamburg : Carlsen Verlag GmbH 2017, S. 200

**112** ✱✱✱ **Finde die fünf Fehler bei der Zusammen- und Getrenntschreibung und schreibe die Wörter richtig auf die Zeile. Mit ein paar der korrigierten Wörter kannst du den Lösungssatz vervollständigen. Schau genau!**

______________________________________________________________

Bald wird mir vom ______________________ der ____________ ____________!

1 Geübte Turnerinnen und Turner können mehrere Minuten auf dem Kopfstehen.
2 Das Fest kann leider nicht stattfinden.
3 Das hat mir wirklich leid getan, ich wollte dich nicht kränken!
4 Das E-Gitarre spielen gehört zu Johannes' größten Hobbys.
5 Mia kann keinen Kopfstand, aber sie kann super Rad schlagen.
6 Beim Rechtschreiben üben brauche ich stets viel Zeit und Ruhe.
7 Ich werde nie Zigarettenrauchen, ich finde den Geruch eklig.

# Beistrichsetzung

## A Wiederholung: Aufzählungen, Anreden und Ausrufe

**REGEL**

Erinnere dich:
In folgenden Fällen **musst** du **Beistriche** setzen:

- Bei Aufzählungen zwischen **gleichrangigen Satzteilen** bzw. **Wörtern**. **Probe:** Du kannst (gedanklich) „und" ergänzen.
  → ***dunkle**, (und) **schwere**, (und) **deckende** Farben*
- Wenn aufzählende Wörter oder Satzteile mit **aber, doch, jedoch, sondern** verbunden werden, musst du einen **Beistrich** setzen.
  → *Er kaufte sich schöne**,** **aber** unbequeme Schuhe.*

**REGEL**

**Keine Beistriche** brauchst du:

- Wenn die **gleichrangigen** Satzteile bzw. Wörter durch **und, oder, sowohl – als auch, weder – noch, entweder – oder** verbunden sind.
  → ***dunkle**, **schwere** **und** **deckende** Farben*
- Zwischen **nicht gleichrangigen** Satzteilen oder Wörtern. **Probe:** Wenn du (gedanklich) kein „und" ergänzen kannst, dann bestimmt das Wort ein anderes näher.
  → ***frisch␣gepflückte**, saftige Kirschen*



**113** ✱✱ Ergänze, falls nötig, die fehlenden Beistriche. Lies im Zweifelsfall in den Regel-Boxen nach.

1 Heute war ich in der Schule, beim Gesangunterricht und bei meiner Freundin.

2 Die Startnummern eins zwei drei und vier bitte nach vorne kommen!

3 Das sind schöne und erfreuliche aber sehr überraschende Neuigkeiten.

4 Der Sänger johlte jaulte schrie und hüpfte.

5 Irinas Adresse ist Krumbachstraße 9 Stiege 2 3. Stock Tür 12.

6 Selim fand unseren Streich weder witzig noch klug.

7 Leons Schuss war nicht nur super sondern hervorragend.

8 Das sind unsere neu gestalteten Fußballdressen.

9 Wir aßen erfrischend kühle samtige Pfirsiche.

REGEL

Erinnere dich!

- **Ausrufe** und **Anreden** musst du durch einen **Beistrich** vom restlichen Satz abtrennen. Wenn Ausrufe und Anreden mitten im Satz eingeschoben sind, stehen sie **zwischen zwei** Beistrichen.
  → *Achtung, **Sabrina**, ein Auto kommt!*
  → ***Sabrina**, ein Auto kommt!*
  → *Ein Auto kommt, **Sabrina**!*
- Kombinationen aus **Namen** und kurzen **Grußformen** wie „Liebe/r" und „Hallo" musst du nicht noch einmal durch einen Beistrich trennen. Auch mehrteilige Ausrufe musst du nicht durch einen weiteren Beistrich trennen.
  → ***Liebe Aisha!***
  → ***Liebe Frau Yildiz**, wie geht es Ihnen?*
  → ***Hallo Aisha**, kommst du heute mit?*
  → ***Ach herrjemine**, das wusste ich nicht!*



**114** ✱✱ Ergänze die fehlenden Beistriche.

1 Danke für eure Hilfe, liebe Freunde!

2 Huch ich habe dich gar nicht kommen sehen!

3 Nein Timo das will ich auf gar keinen Fall!

4 Sehr geehrte Damen und Herren ich wende mich mit einer Frage an Sie.

5 Schau Nilay dort drüben steht Amar!

6 Stopp ich will sofort aussteigen!

**115** ✱✱✱ Finde und korrigiere die vier Fehler bei der Beistrichsetzung. Lies im Zweifelsfall in den Regel-Boxen auf Seite 70 und 71 nach.

1 Wir haben Eier, Mehl und Zucker aber keine Kuchenform.

2 Achtung, hier ist eine Einbahn!

3 Vorsicht, Ella die Tasse ist sehr heiß!

4 Liebe Lena, kommst du morgen mit?

5 Nilay, Amar, Stella und Kira werden auch da sein.

6 Sollen wir uns sowohl morgen, als auch übermorgen treffen?

7 Hm, ich habe nur entweder morgen oder übermorgen Zeit.

8 Tim ist nicht groß doch sehr durchsetzungsfähig.

## B Hauptsatzreihen und Satzgefüge

**REGEL**

Wenn du **Hauptsätze** verbindest, dann musst du einen **Beistrich** setzen. Eingeschobene Hauptsätze werden durch zwei Beistriche abgegrenzt.

→ *Dieser Roman ist spannend. Ich habe ihn gelesen.*
→ *Dieser Roman ist spannend, ich habe ihn gelesen.*
→ *Dieser Roman, ich habe ihn gelesen, ist spannend.*

- Diese **Konjunktionen** (Bindewörter) und **Adverbien** (Umstandswörter) zeigen dir, dass es sich um einen Hauptsatz handelt:

→ ***auch, dann***
→ ***aber, doch, trotzdem***
→ ***denn, deshalb, daher***

*Tine und Mariam waren dort, **auch** Jelena war dabei.*
*Wir waren erschöpft, **trotzdem** schafften wir den Sieg.*

**ACHTUNG**

Bei den Konjunktionen **und** sowie **oder** setzt man nur einen Beistrich, wenn es für den Sinn des Satzes wichtig ist.



**116** ✱ **Verbinde die Sätze zu Hauptsatzreihen und setze die Beistriche. Verwende das Binde- bzw. Umstandswort in der Klammer.**

Das Virus wird über Tröpfchen übertragen. Ich wasche mir oft die Hände. **(daher)**
Das Virus wird über Tröpfchen übertragen, daher wasche ich mir oft die Hände.

**1** Lina und Tom sind müde. Sie waren lange wandern. *(denn)*

________________________________________

**2** Das T-Shirt ist alt. Ich ziehe es am liebsten an. *(trotzdem)*

________________________________________

**3** Erkan hatte verschlafen. Er kam zu spät zum Unterricht. *(deshalb)*

________________________________________

**4** Meine Katze ist wirklich nicht sehr schön. Ich liebe sie über alles. *(doch)*

________________________________________

**REGEL**

**Satzgefüge** bestehen aus **Hauptsätzen und Gliedsätzen**. Sie werden durch einen **Beistrich** getrennt.
Diese **Einleitewörter** zeigen dir, dass es sich um einen Gliedsatz handelt:

- ***als, bis, nachdem, während*** **(Temporalsatz – Zeit)**
- ***weil, da*** **(Begründungsatz)**
- ***indem*** **(Modalsatz – Art und Weise)**
- ***damit*** **(Zwecksatz)**
- ***sodass*** **(Folgesatz)**
- ***wenn, falls*** **(Bedingungssatz)**

→ *Es war schon spät, **als** wir losgingen.*
→ *Die Schule ist geschlossen, **da** es eine Corona-Infektion gibt.*
→ *Öffnen Sie den Verschluss, **indem** Sie fest nach unten drücken.*
→ *Fahr vorsichtig, **damit** du nicht stürzt!*
→ *Wir gingen schneller, **sodass** wir rechtzeitig ankamen.*
→ *Nimm dein Skateboard mit, **wenn** du zu mir kommst!*

**ACHTUNG**

Der **Gliedsatz** kann auch der **erste Teil im Satzgefüge** sein.
Dann steht der **Beistrich** direkt nach der **Personalform**.
→ *Als wir **losgingen**, war es schon spät.*
→ *Da es eine Corona-Infektion **gibt**, ist die Schule geschlossen.*

**Eingeschobene Gliedsätze** werden durch **zwei Beistriche** abgegrenzt.
→ *Achte, wenn du über die Straße gehst, auf die Autos!*

**117** ✱ ✱ Verbinde die Sätze zu Satzgefügen und setze die Beistriche. Lasse die Reihenfolge der Sätze gleich und verwende das Einleitewort in der Klammer.

> *Wir hatten eingekauft. Wir holten den Hund vor dem Geschäft ab.* **(nachdem)**
> *Nachdem wir eingekauft hatten, holten wir den Hund vor dem Geschäft ab.*

1 Der Hund wartet draußen. Wir gehen einkaufen. *(während)*

2 Tom und Lina sind müde. Sie waren lange wandern. *(weil)*

3 Nimm doch bitte Eis mit! Du kommst bei einem Eissalon vorbei. *(falls)*

4 Du musst hier drücken. Der Verschluss öffnet sich. *(damit)*

5 Der Verschluss öffnet sich. Du musst hier drücken. *(damit)*

**118** ✱ ✱ Ergänze die fehlenden Beistriche. Markiere jeweils das Binde- bzw. Umstandswort zwischen den Hauptsätzen oder das Einleitewort des Gliedsatzes.

> *Wenn du nicht so viel gegessen hättest, dann wäre dir jetzt nicht übel.*

1 Wir feierten ausgelassen weil wir gewonnen hatten.

2 Wir hatten gewonnen doch die Verletzung des Tormanns trübte die Stimmung.

3 Heute ist es extrem heiß deswegen gehen wir schwimmen.

4 Die Kühe trotteten langsam in den Stall als die Sonne unterging.

5 Während ich fleißig übe macht mein kleiner Bruder einen Höllenlärm.

6 Wir hatten erst Mathe dann hatten wir Deutsch und in der letzten Stunde war Turnen.

**119** ✱✱✱ Hier folgen in den Satzgefügen mehrere Gliedsätze aufeinander. Leider sind die Beistriche an die falschen Stellen gerutscht. Streiche die falschen Beistriche, trage die richtigen ein und markiere diese dann farbig. Die Beispiele zeigen es dir vor.

*Lieber, Umar,*

*es tut, mir sehr leid, dass ich dich beleidigt habe. Ich wollte, nicht gemein sein denn ich finde dich sehr nett. Ich mag dich weil du immer, fair bist. Ich hatte heute, einen Streit mit meiner Mutter dann musste ich, aber schon schnell zum Bus laufen, trotzdem kam ich zu spät sodass die Schule auch, noch meine Mutter angerufen hat weil das schon öfter vorgekommen ist. Ich war, also sehr gestresst deswegen habe ich dich in der Pause so angefahren.*

*Ich würde mich, wirklich freuen wenn du nicht mehr sauer bist. Sorry nochmal!*

*Noah*

## C Apposition und Relativsatz

**REGEL**

- Wenn du ein Nomen durch eine **nachgestellte Erläuterung** (Apposition) näher beschreibst, wird sie durch **Beistriche** abgetrennt.
  → *Die Tasche, ein sehr schönes Modell, ging leider verloren.*
- Wenn du ein Nomen durch einen **Relativsatz** näher beschreibst, wird dieser durch einen oder **zwei Beistriche** abgetrennt.
  → *Die Berge, die sich in der Ferne erheben, faszinieren mich.*
  → *Ist das der Film, den du gemeint hast?*
  → *Schlangen sind etwas, das ich interessant finde.*

**TIPP**

Relativsätze werden durch **Relativpronomen** eingeleitet:
→ *der, die, das*
→ *welcher, welche, welches*
→ *wer, was*
Sie verändern ihre Form mit dem Fall. Falls du unsicher bist, lies in deiner Schülergrammatik nach.

## 120 Bring die Sätze in die richtige Reihenfolge.

*

*Tino kaufte sich das Buch, und begann sofort zu lesen. einen dicken Wälzer,*
*Tino kaufte sich das Buch, einen dicken Wälzer, und begann sofort zu lesen.*

1 ein zarter Lichtschein am Horizont, Der Komet, heißt Neowise.

______________________________________

2 das mich sehr freut! Das ist etwas,

______________________________________

3 nehmen den Bus. die zum Training fahren, Die Kinder,

______________________________________

4 geht uns alle an. ein wichtiges Thema, Der Klimaschutz,

______________________________________

5 die wir je gespielt haben! Das war eines der besten Matches,

______________________________________

## 121 Markiere die Apposition farbig und ergänze die Beistriche.

**

1 Manpreets Vater, ein eher strenger Mann, war überraschend freundlich.
2 Diese Klasse eine eingeschworene Gemeinschaft hat das Fest organisiert.
3 Dr. Prantner der Leiter der Abteilung führte uns durch die Räume.
4 Der alte Mann ein pensionierter Feuerwehrmann rettete die Katze.
5 Unser Hund ein kleiner Witzbold schnappte sich die neuen Schuhe.
6 Diesen Brief hat Karim unser Klassensprecher an die Direktorin geschickt.

## 122 Markiere das Relativpronomen jeweils farbig und ergänze den Beistrich.

**

1 Wo sind denn die Erdbeeren, die wir gepflückt haben?
2 Das ist der Film welchen die Kritikerinnen und Kritiker so gelobt haben.
3 Ist es wirklich das Spiel das du willst?
4 Timo kann endlich den Star treffen den er schon so lange bewundert.
5 Mirka suchte die Tasche die sie im Spind eingesperrt hatte.
6 Hast du dir schon das Kostüm ausgesucht das du zum Fest anziehen wirst?

**123** Ergänze die fehlenden Beistriche.

✱✱✱

Mein großer Bruder, ein Tierfreund, und ich gingen gemeinsam in die Tierhandlung die gerade neu eröffnet worden war. Ein Verkäufer ein sehr junger Mann kam auf uns zu und fragte nach unseren Wünschen. „Das große Aquarium das dort in der Ecke steht wie viel kostet das?", fragte mein Bruder. Der Verkäufer nannte einen Preis den wir uns unmöglich leisten konnten. Doch mein Bruder wie üblich ein ziemliches Großmaul wollte das nicht zugeben. „Und die bunten Fische die hier oben ausgestellt sind wie viel kosten die?", wollte er wissen. Der junge Verkäufer ebenfalls etwas frech grinste ihn an und meinte: „Das sind die Porsches unter den Salzwasserfischen die ohnehin nicht einfach zu halten sind. Dazu braucht man ein Salzwasseraquarium das spezielle Messgeräte benötigt. Vielleicht kauft ihr euch einfach Schaufeln?" Ich hatte eine böse Ahnung die sich bestätigte. – „Warum?", fragte mein Bruder der Blitzgneißer doch tatsächlich. – „Dann könnt ihr euch einen Teich buddeln!", grinste der Frechdachs.

## D Direkte Rede und indirekte Rede

REGEL

Erinnere dich an die Zeichensetzung bei der direkten Rede:
→ *„ ...", sagt er. (Aussagesatz)*
→ *„ ... !", ruft er. (Ausrufesatz)*
→ *„ ... ?", fragt sie. (Fragesatz)*
→ *„Kannst du mir bitte helfen?", fragte er.*
→ *„Kein Wort mehr!", rief sie laut. „Ich habe genug gehört."*
Einen **eingeschobenen Begleitsatz**, der den Satz der direkten Rede **unterbricht**, musst du durch **Beistriche** abtrennen:
→ *„Heute Abend", rief sie, „bringe ich die Sachen vorbei!"*

**124** Schreibe die Sätze richtig mit Satzzeichen auf die Zeilen.

✱✱

**1** „Das|habeichnichtgewusstmeinteRichi

„Das ______________________________

**2** LassdasbittebleibenriefmeineMutter

______________________________

**3** BistduganzsicherfragtederPolizist

______________________________

## 125 Ergänze die fehlenden fünf Beistriche bei den direkten Reden.

***

Pharao Artaxerxes tobte vor Wut.

Seit beinahe drei Wochen hielt man ihn hier in seinem eigenen Palast gefangen. [...]

„Wo ist die Palastwache?" wollte er plötzlich wissen. –

„Es gibt sie nicht mehr, Göttlicher! Die Griechen haben sie entwaffnet." – „Die Griechen, die Griechen, die Griechen!" höhnte der Pharao. „Seit Wochen höre ich nur die Griechen hier, die Griechen da. In meinem eigenen Palast bin ich ein Gefangener. Hat auch nur ein Soldat versucht, mich zu befreien? [...] Los, antworte mir, Pindar!" – „Göttlicher Pharao! Beruhige dich." Er sammelte sich ein wenig und trat dann auf den jungen Herrscher zu. „Alexander hat die ganze Armee entwaffnet und ..." – „Entwaffnet?" fragte der Pharao verblüfft. „Jawohl, Artaxerxes, entwaffnet. [...] Das ganze Land liegt nun in der Hand der Griechen, und wir alle tun gut daran, uns gut mit ihnen zu stellen. Nur so können uns die Götter beistehen." Die Miene des Pharao wechselte von Überraschung wieder hin zu mühsam unterdrückter Wut [...]. „Dieses Land habe ich einst erobert" begann der Pharao, und er knirschte mit den Zähnen. [...] „Göttlicher Pharao" begann Pindar zu sprechen und während er das tat, trat er noch näher auf ihn zu „Alexander ist der Herr und er hat Ägypten im Handstreich genommen. Vergiss das nicht. Lass uns klug sein."

Roland Mueller: Der Kundschafter des Königs. Auf den Spuren Alexanders des Großen. München: cbj-Verlag 2005, S. 160ff.

**REGEL**

- Indirekte Reden kannst du auch mit einem dass-Satz formulieren.
  → *Er behauptet, **dass** er nicht dabei gewesen sei.*
  → ***Dass** er nicht dabei gewesen **sei**, behauptet er.*
- Mit dem Einleitewort „ob" bildest du **indirekte Fragesätze** bei Entscheidungsfragen. W-Fragen (= Ergänzungsfragen) werden mit dem Fragewort eingeleitet.
  → *Er fragte, **ob** wir etwas gesehen hätten.*
  → ***Ob** ich dabei war, wollte er wissen.*
  → *„Wann hast du Geburtstag?", fragte er.*
  → *Er fragte, **wann** ich Geburtstag habe.*
  → ***Wann** ich Geburtstag habe, fragte er.*

**126** ✱✱ Du triffst Diego Dachs nach seinem Urlaub wieder. Du hast viele Fragen. Wandle sie in indirekte Fragesätze um. Erfinde selbst möglichst unterschiedliche Begleitsätze und achte auf die richtigen Beistriche.

Warst du auf Urlaub?

Wo warst du auf Urlaub?

Mit wem warst du dort?

Wieso hast du mir keine Nachricht und keine Fotos geschickt?

Was hast du gemacht?

Hat es dir gefallen?

Ich möchte gerne wissen, ob du auf Urlaub warst.

Kannst du mir bitte sagen, ____________________

____________________

____________________

____________________

____________________

____________________

____________________

**127** ✱✱✱ Wandle die Sätze jeweils in die direkte oder indirekte Rede um und schreibe sie auf die Zeilen.

**1** Umar erzählt, dass er bei seiner Oma in der Türkei war.

Umar erzählt: „Ich ... ____________________

**2** „Wohnt deine Oma am Meer?“, will Ina wissen.

____________________

**3** Seine Oma wohne nicht am Meer, sondern im Landesteil Yozgat, berichtet Umar.

____________________

**4** Ob das nahe bei Ankara oder Istanbul sei, fragt Radko.

____________________

Wissen

Üben

## E Gemischte Übung zur Beistrichsetzung

**128** ✱✱✱ Ergänze die fehlenden 17 Beistriche. (Die vorgegeben Beistriche in Klammern sind nicht Pflicht.)

Als der Staub sich ein wenig legte und gerade eine Lücke zu sehen war, lief er los. Kallimachos und Dareg folgten ihm. „Was hast du vor, Onkel?" rief Kallimachos(,) und Euphiletos lachte nur. „Kommt mit!" rief er noch einmal. Sie eilten alle zurück zu ihrem Lagerplatz. [...] Beide Männer griffen nach ihren Waffen Kallimachos stülpte sich noch schnell seinen Helm über. Seine Beinschienen ließ er liegen nur sein Schwert nahm er mit. Euphiletos wuchtete den schweren Schild auf seine linke Schulter. [...] Dann schritt er den Weg entlang den sie gerade gekommen waren. Auf dem Hauptweg der quer durch das Lager führte blieb er stehen und rief [...]:

„Griechen, zu mir! Phalanx! Phalanx!"

Kallimachos war der Erste, der sich neben seinen Onkel stellte. [...] Inmitten all dem Lärm und Getümmel eilten plötzlich Hopliten* heran. Darek staunte als er sie beobachtete. Es waren viele Gefährten darunter die Darek schon seit Jahren kannte: Acheron und Vergil Freunde aus seinem Nachbardorf Ageilaos einziger Sohn einer Witwe benannt nach einem spartanischen König. [...] Diese und weitere Männer dienten seit ihrem Aufbruch aus Griechenland in Alexanders Heer und sie alle sammelten sich jetzt um Euphiletos und seinen Neffen. Manche kamen barfuß andere bis auf einen Lendenschutz nackt. Eben so, wie sie den persischen Reitern gerade noch entkommen waren. Aber alle waren mit Schild und Sarissen* bewaffnet die meisten trugen auch ihr Schwert. Kurz darauf stand eine kleine Phalanx von 30 Kriegern unter Euphilestos Kommando. „Phalanx, geht!" rief er laut(,) und sie setzten sich in Bewegung. Und noch während sie das taten wurde die Gruppe größer.

* Die Hopliten (ein griechisches Volk) waren erfolgreiche Krieger. Unter anderem deswegen, weil sie in einer geschlossenen Reihe, einer Phalanx, marschierten.

* die Sarissa: eine stangenähnliche Waffe

Roland Mueller: Der Kundschafter des Königs. Auf den Spuren Alexanders des Großen. München: cbj-Verlag 2005, S. 256f.

# Lücken-Lesetexte

## A s-Schreibung

**129** Lies nochmals die Informationen zur s-Schreibung und ergänze die Lücken.

* *

**Energie – Gewu ss t wie!**

La ss Waschmaschine und Geschirrspüler lieber nachts laufen und Handys nachts laden. Am späten Nachmittag und frühen Abend verbrauchen wir in____ge____amt den mei____ten Strom, wenn nach Feierabend die Fernseher laufen und da____ E____en auf dem Elektroherd steht. Wenn der Ökostrom nicht reicht, wird bi____weilen mit Strom aus Kohle und Atom zugefüttert, selb____t, wenn du Ökostrom gekauft ha____t. Haare trocken auch an der Luft, den Stromfre____er Föhn kannst du dir sparen. Übrigen____ verbraucht auch das Internet Strom und verursacht dabei in etwa so viel $CO_2$-Au____to____ wie der weltweite Flugverkehr. Wenn du nur eine Sekunde lang googelst, wird so viel $CO_2$ freigesetzt, da____ 23 Bäume nötig sind, um die Emissionen wieder zu binden. Und es verbraucht sogar Strom, wenn du gerade gar nicht im Internet bi____t. Denn alles, was du online, also auf den Servern und nicht auf der eigenen Fe____tplatte gespeichert ha____t, braucht Energie. Du kannst daher Strom sparen, indem du das Internet weniger nutzt und ein Buch lie____t, statt einen Film zu streamen oder tatsächlich – ganz 90er! – in einem Lexikon blätterst oder einen Menschen fragst statt Google. Bis zu 10 Gramm $CO_2$-Au____to____ verur____acht eine Suchanfrage bei Google. Bei mindestens 63 000 Suchanfragen pro Sekunde kommt da einiges zusammen. […]

**La____ die Mu____keln spielen**

Viele Haushalts- und Gartenhelfer gibt es auch als stromlo____e Alternative. Statt eines elektrischen Rührgeräts nutze einfach Schneebe____en, Quirl oder Löffel. Statt eines Laubbläsers nimmst du Harke oder Be____en, auch Ra____enmäher gibt es als stromlose Variante. Da____ ist zwar anstrengender, bringt aber Kraft in die Oberarme. Und wenn du die Treppe benutzt, statt den Fahrstuhl, tu____t du auch noch was für deine Beinmu____keln.

Anja Reumschüssel: Carlsen Klartext: Klima- und Umweltschutz. Hamburg: Carlsen Verlag 2020, S. 148f.

## B s-Schreibung und Dehnung (lang gesprochene Vokale)

**130** ✱✱ Lies nochmals die Informationen zur s-Schreibung und zur Dehnung und ergänze die fehlenden Laute.

„Wer von Ih___nen kann mir sagen, wie man einen W____rwolf von einem richtigen Wolf unterscheidet?", fragte Snape. Alle s____ßen sie reglo____ und schweigend da; alle au____er Hermine, deren Hand wie so oft nach oben geschnellt war. „Keiner?", sagt Snape, ____ne Hermine eines Blickes zu w____rdigen. W____der setzte er sein sch____fes Lächeln auf. […] „Schön, schön, schön, ich hätte n____ gedacht, da____ ich einmal auf eine dritte Klasse sto____en würde, die nicht m____l einen W____rwolf erkennt, wenn sie einem gegenüberst____t. Ich werde Professor Dumbledore ausdrücklich davon in Kenntni____ setzen, wie weit S____ hinterh____r sind …" „Bitte, Sir", sagte Hermine, die Hand immer noch nach ____ben gestreckt, „der W____rwolf ist vom echten Wolf durch m____rere kleine Merkm____le zu unterscheiden. Die Schnauze des W____rwolfs –" „Da____ ist da____ zweite Mal, da____ S____ einfach reinreden, Miss Granger", sagt Snape k____l. „Noch einmal fünf Punkte Abzug für Gryffindor, weil S____ eine unertr____gliche Alle____wi____erin sind." Hermine wurde puterrot, lie____ die Hand sinken und starrte mit wä____rigen Augen zu B____den. Wie s____r sie alle Snape ha____ten, erwie____ sich jetzt, als die ganze Kla____e ihn mit zornfunkelnden Augen anstarrte, obw____l jeder von ihnen Hermine irgendwann einmal eine Alle____wi____erin genannt hatte, und Ron, der Hermine mindestens zweimal die Woche so nannte , sagte laut: „Sie haben uns eine Frage gestellt und sie wei____ die Antwort! Warum fragen Sie eigentlich, wenn Sie es doch nicht wi____en wollen?" Noch w____rend Ron spr____ch, erkannte die Kla____e, da____ er zu weit gegangen war. Snape ging langs____m auf Ron zu und ringsum h____lten sie den ____tem an. „Strafarbeit, Weasley", sagte Snape […]. „Wenn ich noch einmal h____re, da____ Sie meine Unterrichtsweise kritis____ren, dann wird Ihnen da____ wirklich leidtun." W____rend der restlichen Stunde machte keiner einen Mucks. Sie s____ßen da und schr____ben […], w____rend Snape […] die Arbeiten pr____fte, die sie bei Professor Lupin geschr____ben hatten.

J. K. Rowling: Harry Potter und der Gefangene von Askaban. Hamburg : Carlsen Verlag GmbH 2017, S. 129f.

Wissen

Üben

## C Dehnung und Groß- / Kleinschreibung

**131** *** Lies nochmals die Informationen zur Dehnung und zur Groß- und Kleinschreibung und ergänze die Lücken.

**Klüger kühlen und kochen**

Stelle den K_üh_lschrank an einem k____len Ort auf und rücke ihn etwas von der Wand ab, damit warme Luft entweichen und der Rückk____ler gut arbeiten kann. Die T____r immer nur kurz öffnen, damit möglichst wenig warme Luft hineinstr____mt, die dann w____der heruntergek____lt werden muss. Und stelle keine heißen Speisen in den K____lschrank, auch da muss er m____r arbeiten, um das ____ssen zu k____len. Ein vereister K____lschrank verbraucht m____r Energ____, also taue ihn l____ber gelegentlich ab. Den Stecker zu z____hen lo____t sich auch, wenn du länger unterw____gs bist *(Tür offen stehen lassen, sonst schimmelt es)*. Verzichte auf einen Gefr____rschrank, ein Gefr____rfach reicht ____eistens aus. Stelle K____lgeräte nicht zu kalt ein, 8 Grad im K____lschrank und –18 Grad im Gefr____rgerät reichen aus. Auch Mikrowellen sind Str____mfresser, f____r die es ____essere Alternativen gibt. Essen lässt sich auch auf ____leiner ____lamme auf dem Herd aufw____rmen. Eingefr____rene Lebensmittel kann man auch an der Luft auftauen (dauert nur etwas ____änger). Oder lass gefr____rene Lebensmittel im K____lschrank auftauen, wenn du die Zeit dazu hast. Dann g____ben sie die Kälte an den K____lschrank ab. Decke beim ____ochen Töpfe und Pfannen mit einem Deckel ab, das ____part ____nergie und verkürzt die Kochzeit. Auch Schnellkochtöpfe sparen Zeit und Energie. Wasser muss das Gem____se nur knapp bedecken. Heize Kochplatten nur zu ____eginn auf, danach auf n____driger St____fe weiterkochen und vor Ende des ____ochens ganz ____usschalten, die Restwärme reicht noch aus. Im Backofen sp____rt Umluft im Vergleich zu Ober- und Unterhitze bis zu 40 % der Str____mkosten. Außerdem solltest du die T____r beim ____acken zu lassen, bei jedem ____ffnen entweicht sonst ein ____rittel der ____nergie.

Anja Reumschüssel: Carlsen Klartext: Klima- und Umweltschutz. Hamburg: Carlsen Verlag 2020, S. 149f.

Wissen

Üben

## D Groß- / Kleinschreibung und ähnlich klingende Laute

**132** ✱✱✱ Lies nochmals die Informationen zur Groß- und Kleinschreibung und zu den gleich und ähnlich klingenden Lauten. Ergänze anschließend die Lücken.

„Aber warum sollte der seine Spuren in der Nähe des eigenen Lagers _v_erwischen?" Jetzt schwiegen alle und sahen auf Alexander, der nun leise lächelte. „Ich muss schon sagen, Dareg, du hast ein __charfes __uge und einen genauso scharfen __erstand. Ich möchte dir einen __orschlag machen, aber dafür lasst uns erst zurückreiten." […] Dieser Ausbilder, ein großer, __reitschultriger __rieche mit einem __ichten schwarzen __art schrie einen Befehl und Darek lief los. Doch kaum hatte er die ersten Schritte in die Gasse hinein gemacht, schwangen die Krieger die Säcke gegen ihn. Dareg musste ihnen ausweichen oder sie mit dem Schild oder Schwert abwehren. Das __rste __al fiel Dareg gleich auf den Boden, denn ein __chwerer, mit Erde gefüllter __ack sauste auf ihn zu und warf ihn einfach um. Mikail trat zu ihm und half ihm wieder auf die Beine. Dareg rieb sich die Ellenbogen und das Knie. „Wenn das dein Feind gewesen wäre, wärst du schon to__. Er hätte dich mit seinem Schild umgeworfen und dann mit seinem Speer getö__e__. Merk dir, niemals darfst du dich von einem Gegner zu Boden werfen lassen. Auf der Erde krauchen* nur Schlangen und Würmer, aber keine Griechen. Also auf, probier's nochmal." Dareg gehorchte, den ganzen __ormittag über __ersuchte er, durch die Gasse zu gelangen, aber __ergeblich. Irgendein schwerer Sack warf ihn immer zu Boden, be__or er das Ende des Weges erreicht hatte. Oder er stolperte über einen der Steine oder über an Riemen aufgehängte Äste, die __esonders __iedrig über dem Boden hingen. Die Sonne brannte heiß und Mikail reichte ihm einen Krug Wasser. Das war __risch und __ühl. Darek schwitzte. „Hat es schon mal __emand geschafft?", wollte er wissen, als er lange getrunken hatte, und zeigte auf die Gasse mit den schaukelnden Säcken. „Jeder muss es üben," begann Mikail. Darek sah ihn an. „Sag, Mikail, hat es schon mal __iner geschafft?" „Natürlich, ja." Er lächelte und strich sich über seinen Bart. „Aber noch nie ein Kundschafter." Darek __erstand. „Ich werde es noch einmal probieren."

* Schreibweise im Originaltext

Roland Mueller: Der Kundschafter des Königs. Auf den Spuren Alexanders des Großen. München: cbj-Verlag 2005, S. 25; 38f.

Wissen

Üben

## E s-Schreibung, Groß- / Kleinschreibung und Zusammen- / Getrenntschreibung

**133** * * * Lies nochmals die Informationen zu den oben genannten Themen und ergänze die Lücken.

**Wenn wir so viel Schaden anrichten, warum tut denn kaum jemand etwas dagegen?**

Wir wi_ss_en zwar, da____ die Klimakrise ein Problem ist, verhalten uns aber nicht entsprechend. Die Aussicht, was mit unserer Welt pa____ieren könnte, ist so unvorstellbar, da____ wir lieber etwas anderes tun, etwa eine witzige ____________________ *(SERIE / SCHAUEN)*, ____________________ *(COMPUTER / SPIELEN)*, uns mit ____________________ *(FREUNDE / TREFFEN)*. Und die leben ja schlie____lich auch weiter wie bi____her, fahren ____uto, fliegen in den ____rlaub, essen ____leisch aus Ma____entierhaltung. Warum solltest du auf etwas ____erzichten? Richtig? Psychologinnen nennen dieses Phänomen Intentions-Verhaltens-Lücke […]. Wir wi____en, was getan werden mu____, verhalten uns aber nicht so, weil andere sich auch nicht so verhalten. Und wir wollen ja gerne wie die anderen sein. Dieses Phänomen lä____t sich aber auch für den ____________________ *(UMWELT / SCHÜTZEN)* nutzen. […] Wenn du nicht mehr fliegst, kein Fastfood und kein Fleisch mehr i____t *(oder zumindest weniger von all dem)*, dann fällt da____ irgendwann auch deinen Freunden auf. […] Aber wenn sie irgendwann *(manchmal dauert das etwas)* kapieren, worum es geht, machen sie mit.

[…]

**Wie Staaten zusammenarbeiten**

Am 17. Juli 1912 erschien in einer Zeitung im Südwesten Australiens eine winzige Randnotiz. Zwischen der Ankündigung, da____ auf dem Marktplatz eine Maschine zum ____________________ *(SEIL / HÜPFEN)* aufgebaut wurde […] bringt die Braidwood Dispatch diese ____leine ____eldung: „Die Feuerungsanlagen der Welt verbrennen […] Kohle […]. Wenn sie verbrannt wird und mit Sauerstoff reagiert, werden jährlich ____ieben ____illiarden Tonnen $CO_2$ […] ausgestoßen. Dies scheint […] die Temperatur zu erhöhen."

Anja Reumschüssel: Carlsen Klartext: Klima- und Umweltschutz. Hamburg: Carlsen Verlag 2020, S. 86f.

Wissen
Üben

## F Beistrichsetzung

**134** ✱✱✱ Lies nochmals die Informationen zur Beistrichsetzung und ergänze die elf fehlenden Beistriche.

Harry öffnete den Koffer und kramte unter seinen Sachen nach dem Tarnumhang. Doch bevor er ihn gefunden hatte richtete er sich plötzlich auf und sah sich um. Ein komisches Prickeln im Nacken gab ihm das Gefühl, er würde beobachtet. Doch die Straße schien immer noch menschenleer und kein Fenster der großen quadratischen Häuser war erleuchtet. Er beugte sich wieder über seinen Koffer, doch fast sofort stand er erneut auf die Hand um den Zauberstab geklammert. Er ahnte es eher, als dass er es hörte: Jemand oder etwas stand hinter ihm, im schmalen Durchgang zwischen dem Zaun und einer Garage. Harry spähte in die Dunkelheit hinein. Wenn es sich nur bewegen würde, dann würde er sehen ob es nur eine streunende Katze war – oder etwas anderes. „Lumos" murmelte Harry und an der Spitze seines Zauberstabs erschien ein Licht das ihn fast blendete. Er hielt den Zauberstab hoch über den Kopf, und die grau verputzten Mauern von Nummer zwei glitzerten plötzlich; die Garagentür schimmerte und dazwischen sah Harry ganz deutlich die mächtigen Umrisse von etwas sehr Großem mit weit aufgerissenen glühenden Augen. Harry wich zurück – er stieß mit dem Bein gegen seinen Koffer und stolperte. Der Zauberstab flog ihm aus der Hand, als er einen Arm ausstreckte um den Sturz abzufangen, und er landete schmerzhaft im Rinnstein. Da ertönte ein ohrenbetäubender Knall und Harry riss die Hände vors Gesicht, um seine Augen vor dem jähen blendenden Licht eines Scheinwerfers zu schützen Mit einem Schrei rollte er zurück auf den Gehweg, gerade noch rechtzeitig. Eine Sekunde später kam ein gigantisches Paar Reifen ebendort quietschend zum Stehen, wo Harry gerade gelegen hatte. Sie gehörten, wie er erkannte, als er den Kopf hob, zu einem grellvioletten Bus, einem Dreidecker der aus dem Nichts aufgetaucht war. Goldene Lettern über der Windschutzscheibe verkündeten: Der Fahrende Ritter. Einen kurzen Moment lang fragte sich Harry ob er nach seinem Sturz noch alle Tassen im Schrank hatte.

J. K. Rowling: Harry Potter und der Gefangene von Askaban. Hamburg : Carlsen Verlag GmbH 2017, S. 25

## G Für Profis: Finde die Fehler!

**135** ✱✱✱ Finde die zehn Fehler aus folgenden Kategorien. Schreibe die Verbesserung auf die Zeilen.

| | |
|---|---|
| s-Schreibung | 3 Fehler |
| Ähnlich klingende Laute/Dehnung | 2 Fehler |
| Groß-/Kleinschreibung | 2 Fehler |
| Zusammen-/Getrenntschreibung | 1 Fehler |
| Beistrichsetzung | 2 Fehler |

**Tornado Alley**

Ein Teil der USA wird immer wieder von Tornados heim gesucht. Die schweren Wirbelstürme ziehen eine Schneise der Verwüstung, hauptsächlich durch den Mittleren Westen bis nach Texas und Florida, weshalb das Gebiet als „Tornado Alley" bezeichnet wird. Sie verwandeln dabei ganze Ortschaften in Schutthalden. Die gewaltigste Tornadoserie ereilte die Bundesstahten Kansas und Oklahoma. Am 3. Mai 1999 endstanden allein an einer Gewitterfront innerhalb weniger Stunden weit über 50 Tornados. Der heftigste hielt zwei Stunden an, war 1,6 Kilometer breit und mit 511 km/h der Tornado mit der Höchsten bissher gemeßenen Windgeschwindigkeit. 48 Menschen starben 10.500 Gebäude wurden zerstört.

**Stürmischer Rüßel**

Tornados gehören zu den Heftigsten Winden der Erde. Sie treten immer mit Gewittern auf und bilden sich dort, wo ein Tiefdruckgebiet auf sehr warme Luftmassen trifft. Durch den Temperaturunterschied baut sich eine kreisende Luftsäule auf die von den Wolken bis runter auf den Boden reicht: der für Tornados typische Schlauch oder Rüssel.

Petra Bachmann: Die gefährlichsten Orte der Welt. München: arsEdition GmbH 2013, S. 36

**136** ✱✱✱ Finde die 15 Fehler aus den folgenden Kategorien. Schreibe die Verbesserung auf die Zeilen.

| | |
|---|---|
| s-Schreibung | 2 Fehler |
| Groß-/Kleinschreibung | 4 Fehler |
| Beistrichsetzung | 5 Fehler |

| | |
|---|---|
| Ähnlich klingende Laute/Dehnung | 3 Fehler |
| Zusammen-/Getrenntschreibung | 1 Fehler |

**Immer früher, immer öfter**

Normaler weise beginnt die Tornadosaison in den USA im April. 2012 zogen die verhehrenden Luftwirbel bereits Anfang März übers Land. Die Behörden mussten Tornadowarnungen für ein halbes Dutzend US-Bundesstaaten ausrufen da eine ganze Armada* von 80 Wirbelstürmen anrückte. Die „Finger Gottes", wie die Tornados von den Amerikanern auch genannt werden, fehgten Häuser und Fahrzeuge weg, viele Menschen wurden unter den Trümmern verschüttet verletzt oder starben. Wetterforscher sagen voraus dass mit der Klimaerwärmung die Tornadoserien in den USA immer früher auftreten und zunehmen werden.

**Nächtliches grauen**

Nicht nur bei Tageslicht tritt die Sturmgewalt auf. Immer öfter verwüsten die seltenen Nacht-Tornados in den USA ganze Siedlungen. Sie tauchen ohne Vorwarnung auf, was aber auch daran liegt, das sie im dunkeln schwieriger auszumachen sind. Im April 2012 zohgen gleich mehrere dieser Tornados über die Kleinstadt Woodward im US-Bundesstaat Oklahoma hinweg. […]

**Fujita-Skala**

Um die Windstärke eines Tornados angeben zu können, wurde eine eigene Skala entwickelt. Sie ist nach Dr. Ted Fujita benannt einem der Bekanntesten Tornadoforscher in den USA und reicht von F 0 bis F 5. Sie erfast Windgeschwindigkeiten von unter 117 km/h bis über 419 km/h. Die Höchste bisher gemessene Geschwindigkeit eines Tornados liegt bei 511 km/h.

* die Armada: feindliche Schiffsflotte

Petra Bachmann: Die gefährlichsten Orte der Welt. München: arsEdition GmbH 2013, S. 36f.

# Tests

## A s-Schreibung

**137** Ergänze die 100 Lücken, vergleiche mit der Lösung und schreibe deine Punkteanzahl neben die zu erreichenden Punkte.

**1** Ich wei____, da____ du ge____tern dabei war____t. 4/__

**2** Da____ ist gewi____, da____ wir da____ machen mü____en! 5/__

**3** Wa____ soll da____? La____ da____, bitte! 4/__

**4** Sie erwie____ sich als gewi____enhaft, flei____ig und bela____tbar. 4/__

**5** Mit we____en Roller ra____t du denn da den Ra____en entlang? 3/__

**6** Wei____ die Kommi____arin von dem gefa____ten Verdächtigen? 3/__

**7** Meine Ku____ine rülp____te und der Grie____gram schnitt eine Grima____e. 4/__

**8** Der Ku____ beim E____tisch war unverge____lich nu____ig. 4/__

**9** Es war hei____ und der Schwei____ flo____, doch wir hatten Spa____ am Flo____. 5/__

**10** Die Di____ku____ion war endlo____, aber trotzdem fa____zinierend. 4/__

**11** Schau mal, eine sü____e Ech____e sonnt sich drau____en. 3/__

**12** Die Brennne____eln sprie____en em____ig und ma____los. 4/__

**13** Mit dem Ma____band me____e ich, ob die Länge pa____t. 3/__

**14** Der Aufprall war ma____iv, die Verunglückte war bewu____tlo____. 3/__

**15** Da____ Au____ma____ der ma____enhaften Ma____ernerkrankung wurde unterschätzt. 5/__

**16** Bi____t du sicher, da____ da____ dein Atla____ ist? 4/__

**17** Da____ Viru____, da____ du mein____t, da____ hei____t Sars-CoV-2. 6/__

**18** Sie hat Verständni____, da____ wir die Fri____t verpa____t haben. 4/__

**19** Da____ da____ ein Mi____verständni____ gewe____en sein mu____, kann ich bewei____en. 7/__

**20** Mein Hund ist eine Be____tie. ☺ Er hat fa____t alle Sü____igkeiten zerbi____en. 4/__

Bitte umblättern! ↺

**21** Der Kreb____ fa____te meine Fü____e. – Da____ war gewi____ gru____elig! 6/__

**22** Die Horni____en sind aggre____iv und fie____, da____ mü____en wir bü____en. 6/__

**23** Magst du die So____e ko____ten, einen Schluck Wa____er trinken oder einen Bi____en von der Pa____ta? 5/__

| **Auswertung** | |
|---|---|
| **mind. 90 richtig** | Wow! Du bist Profi! |
| **mind. 78 richtig** | Super! Das kannst du gut! |
| **mind. 68 richtig** | Saubere Arbeit! |
| **mind. 55 richtig** | Das geht sich knapp aus. Wenn du Zeit hast, dann wiederhole das Kapitel! |
| **weniger als 55 richtig** | Ui! Schau dir das Kapitel unbedingt nochmal genau an! |

Wissen

Üben

## B Ähnlich klingende Laute

**138** * * *

**Ergänze die 100 Lücken, vergleiche mit der Lösung und schreibe deine Punkteanzahl neben die zu erreichenden Punkte.**

**1** Sie haben das en__lose En__spiel en__gültig __erloren und sind en__täuscht. 5/__

**2** Sei__ gestern __ersuche ich __ergeblich, dich auszu__orschen und zu erreichen. 4/__

**3** Mit unen__lichem En__setzen sah sie die en__färbte Haut des To__en. 4/__

**4** Aus der __erne naht ein en__setzliches Gewitter! En__fernt euch vom __eldweg! 4/__

**5** Beim __erhör __ersuchte das Team __ergeblich, den __erschmitzten Täter zu einer un__orsichtigen Aussage zu __erleiten. 6/__

**6** Dieses __ormular ist un__erständlich und en__behrt jeder Logik. 3/__

**7** Nach dem __orfall herrschten To__enstille und En__setzen. 3/__

**8** Sei__ wann sei__ ihr denn schon beim En__spiel? 3/__

**9** Manpreet fing en__lich eine kleine __orelle, aber war en__täuscht. 3/__

**10** __or dem __erkel musst du doch nicht so eine To__esangst haben! 3/__

11 Schon sei__ Jahren __ordert er __ermehrte __orschung zu tö__lichen Krankheiten. 5/__

12 Sei__ dem Biss in die __erse weiß ich, dass Krebse sei__wärts krabbeln. 3/__

13 Sei__ dem __orfall bist du en__sprechend __orausschauend und __orsichtig. 5/__

14 Die En__zündung heilt en__täuschend langsam, zum Glück ist sie nicht tö__lich. 3/__

15 Ich lachte mich in dem __orzüglichen __ersteck fast to__, keiner en__deckte mich. 4/__

16 Kannst du bitte am __ormittag en__lich das Handy en__sperren lassen? 3/__

17 To__enblasse Unto__e beißen, aber sie tö__en nie en__gültig. ☺ 4/__

18 Elena ist to__unglücklich, ent__äuscht und to__sicher, dass ihr beide schuld sei__. 4/__

19 Geh hier en__lang, die En__fernung bis zur En__station ist nicht groß. 3/__

20 Der En__wurf der __orscherin __erschlug letzten__lich allen die Sprache. 4/__

21 En__lich kann ich das en__standene Miss__erständnis en__gültig besei__igen. 5/__

22 Der __orzügliche En__spurt war __ermutlich der schnellste sei__ Jahren. 4/__

23 Das En__ergebnis en__sprach en__lich den An__orderungen auf dem __ormular. 5/__

24 Sei__ dem tö__lichen Unfall __ersucht er, den __orfall en__gültig zu __erdrängen. 6/__

25 Auf dem To__enschein __ermerkt der Arzt die __ermutliche To__esursache. 4/__

| **Auswertung** | |
|---|---|
| **mind. 90 richtig** | Wow! Du bist Profi! |
| **mind. 78 richtig** | Super! Das kannst du gut! |
| **mind. 68 richtig** | Saubere Arbeit! |
| **mind. 55 richtig** | Das geht sich knapp aus. Wenn du Zeit hast, dann wiederhole das Kapitel! |
| **weniger als 55 richtig** | Ui! Schau dir das Kapitel unbedingt nochmal genau an! |

## C Dehnung

**139** *** Ergänze die 100 Lücken, vergleiche mit der Lösung und schreibe deine Punkteanzahl neben die zu erreichenden Punkte.

**1** Hurr_____, der Sch_____den am Reg_____l ist nur mini_____l. 4/__

**2** Wir werden n_____ch dem Nachtm_____l im S_____l zum Denkm_____l f_____ren. 5/__

**3** Wir suchten m_____rm_____ls, aber das B_____rgeld war w_____l gest_____len w_____rden. 6/__

**4** Am Bades_____ tr_____nken manche Kaff_____, ich _____ß Erdb_____reis. 5/__

**5** Die _____rbsen aus den B_____ten können wir bald verz_____ren. 3/__

**6** Der L_____rer erm_____nt seine Koll_____gen w_____gen der l_____ren S_____le. 6/__

**7** Ich habe mir nicht w_____sentlich w_____getan, mir wurde kaum ein H_____r gekrümmt. 3/__

**8** Mira will sich keine Br_____zel m_____r n_____men, sie w_____rt die Einladung ab. 4/__

**9** Es ist also w_____r, der Schulw_____rt hat die W_____rntafel versehentlich umgem_____t. 4/__

**10** Ist h_____r noch _____rgendwo Schlag_____bers für die B_____rens_____ße? 5/__

**11** Das gr_____ße T_____r am Hafen l_____ste sich und verl_____r den Halt. Es f_____l auf das B_____t. 6/__

**12** Dieses Shamp_____ finde ich _____klig und d_____f, es r_____cht nach M_____r. 5/__

**13** Den St_____ß in den P_____l n_____m er mit Hum_____r. 4/__

**14** Hast du G_____sto auf Gem_____seg_____lasch oder auf G_____gelhupf? 4/__

**15** Wir f_____ren durch den N_____selregen m_____sam bis zum Turn_____rplatz. 4/__

**16** Oh, diese kar_____rte Sch_____rze finde ich z_____mlich l_____b! 4/__

**17** Der Vamp_____r fl_____gt mit grimmiger M_____ne der B_____ne davon. 4/__

**18** Beim Spaz_____rgang fr_____ß die n_____dliche Z_____ge g_____rig den Kl_____. 6/__

**19** Die Lehrerin inform_____rt uns, dass es eine W_____derholung geben wird. 2/__

**20** Die Kri_____ik ihres Riv_____len findet Elli w_____dersinnig. 3/__

**21** Das _____rband hat Kira mit v_____l L_____be schön verz_____rt. 4/__

**22** Sei nicht so w_____derspenstig, Chico, und bring den Ball w_____der! 2/__

**23** Sein Motto: Nicht kritis____ren und w____derwillig reag____ren, aber besser machen! 3/__

**24** Die Forscherin experiment____rt mit dem V____rus und inform____rt uns m____rmals täglich. 4/__

| **Auswertung** | |
|---|---|
| **mind. 90 richtig** | Wow! Du bist Profi! |
| **mind. 78 richtig** | Super! Das kannst du gut! |
| **mind. 68 richtig** | Saubere Arbeit! |
| **mind. 55 richtig** | Das geht sich knapp aus. Wenn du Zeit hast, dann wiederhole das Kapitel! |
| **weniger als 55 richtig** | Ui! Schau dir das Kapitel unbedingt nochmal genau an! |

## D Groß- und Kleinschreibung




**140** ✱✱✱ Ergänze die 100 Lücken, vergleiche mit der Lösung und schreibe deine Punkteanzahl neben die zu erreichenden Punkte.

**1** Beim __ben ist das __enaue __chauen und __onzentrieren am __ichtigsten. 5/__

**2** Dein __chnelles __ingreifen hat __eute für __lle das __chlimmste verhindert. 5/__

**3** Ich gehe __etzt __chwimmen, beim __chwimmen kann ich am __esten entspannen. 4/__

**4** Das __atte __elb des __euen __chirms leuchtet auch im __unkeln. 5/__

**5** Der Film ist für __lt und __ung geeignet. Auch die __üngeren Kinder mögen ihn. 3/__

**6** Wir warten seit __angem darauf, etwas __esonderes zum __esen zu finden. 3/__

**7** Lina und ich gehen durch __ick und __ünn, wir kennen uns von __lein auf. 3/__

**8** Das __rün deines Rades sieht toll aus. Doch Mias __elbes Rad gefällt mir am __esten. 3/__

**9** Im __roßen und __anzen bin ich __bends meistens mit dem Tag zufrieden. 3/__

**10** Nur __estern __bend wollte ich nicht ans __orgen denken: Ich hatte Angst. 3/__

**11** Was machst du __bends immer so? – Also heute werde ich __aden und nach dem __ernen noch __esen. 4/__

Bitte umblättern! ↺

**12** Tiere leben ganz im __ier und __etzt und kennen kein __estern und kein __orgen. 4/__

**13** Mirka ist __etzt schlecht gelaunt, sie ist __eute zum __bwaschen dran. 3/__

**14** Von __ontag__orgen bis __ienstag__bend tobte ein heftiger Sturm. 4/__

**15** Immer am __ittwoch ist Training und __reitags gehe ich __ingen und __pazieren. 4/__

**16** Wir __lle wollen, dass __ede und __eder zum __andern mitkommen kann. 4/__

**17** Meine Katze ist etwas __esonderes und ich mag sie am __iebsten von __llen. 3/__

**18** Wie viele __undert Seiten hast du wohl beim __ug__ahren schon gelesen? 3/__

**19** Zum __ausendsten __al! Zum __aus__ehen sind die __elben Stiefel, nicht die roten. 5/__

**20** Nicht für __ede und __eden war das __andern toll, aber die __eisten mochten es. 4/__

**21** Lieber Timo, kannst __u mir __eute beim __ufräumen und __utzen helfen? 4/__

**22** Wo bleibst __u denn? Ich habe schon __utzende __ale geklingelt! 3/__

**23** Liebe Eltern, bitte geben __ie __hren Kindern die Sachen fürs __chwimmen mit. 3/__

**24** Wir brauchen zum __acken einen __iertel__iter Milch zum __erdünnen. 4/__

**25** Das ist noch nicht das __rgste! Am __rgsten fand ich das __anzen und __ingen. 4/__

**26** Wie sie __anzten und __angen, das war sicher nicht am __esten von __llen. 4/__

**27** Aber die __esten von __ielen zu sein, das ist nicht immer am __chönsten. 3/__

| **Auswertung** | |
|---|---|
| **mind. 90 richtig** | Wow! Du bist Profi! |
| **mind. 78 richtig** | Super! Das kannst du gut! |
| **mind. 68 richtig** | Saubere Arbeit! |
| **mind. 55 richtig** | Das geht sich knapp aus. Wenn du Zeit hast, dann wiederhole das Kapitel! |
| **weniger als 55 richtig** | Ui! Schau dir das Kapitel unbedingt nochmal genau an! |

## E Zusammen- und Getrenntschreibung

**141** ✱✱✱ Ergänze die 50 Lücken, vergleiche mit der Lösung und schreibe deine Punkteanzahl neben die zu erreichenden Punkte. Bei der Getrennt- und Zusammenschreibung gibt es viele Doppelmöglichkeiten und Spezialfälle. Du kannst ein Wörterbuch benützen. Überlege auch, ob die beiden Wörter zusammen eine übertragene Bedeutung haben.

**1** Wir wollten ______________________ *(BADEN / GEHEN)*, damit ich ______________________ *(SCHWIMMEN / ÜBEN)* konnte. 2 / __

**2** Beim ______________________ *(SCHWIMMEN / ÜBEN)* ist mein Armband ______________________ *(VERLOREN / GEGANGEN)*. 2 / __

**3** Dieses Jahr wird in unserer Klasse niemand ______________________ *(SITZEN / BLEIBEN)*, keiner wird ______________________ *(VERLOREN / GEHEN)*, denn alle haben ______________________ *(FLEIẞIG / LERNEN)*. 3 / __

**4** Die Geiseln wurden ______________________ *(GEFANGEN / NEHMEN)* und in einem Versteck ______________________ *(FEST / HALTEN)*, erst nach Stunden wurden sie ______________________ *(LAUFEN / LASSEN)*. 3 / __

**5** Beim ______________________ *(LAUFEN / LASSEN)* Ihrer Tiere bitte die Wiese ______________________ *(SAUBER / HALTEN)*. 2 / __

**6** Zum ______________________ *(GESCHIRR / ABWASCHEN)* nach dem ______________________ *(ESSEN / KOCHEN)* hatte niemand von uns Lust. 2 / __

**7** Lass uns ______________________ *(KICKBOARD FAHREN)* und dann ______________________ *(SCHWIMMEN / GEHEN)*. 2 / __

**8** Ich muss leider schon ______________________ *(HEIM / FAHREN)*, auch wenn mir das ______________________ *(LEID / TUN)*. 2 / __

Bitte umblättern! ↺

Wissen

Üben

**9** Er liebt das ______________________ *(RAD / FAHREN)*, genießt aber auch die Ruhe beim ______________________ *(ZEITUNG / LESEN)*. 2 / __

**10** Diese Werbung will bewusst ______________________ *(IRRE / FÜHREN)*. Sie hat schon viele Leute in die ______________________ *(IRRE / FÜHREN)*. 2 / __

**11** Das Fest wird am Sonntag ______________________ *(STATT / FINDEN)*, aber alle müssen wegen der Viren ______________________ *(ABSTAND / HALTEN)*. 2 / __

**12** Du hast das Geheimnis ______________________ *(PREIS / GEBEN)*, weil du den Fragen nicht ______________________ *(STAND / HALTEN)* hast. 2 / __

**13** Bist du beim ______________________ *(SCHLAF / WANDELN)* schon einmal ______________________ *(RAD / FAHREN)*? 2 / __

**14** Beim ______________________ *(REFERAT / HALTEN)* soll man möglichst ______________________ *(FREI / SPRECHEN)*. 2 / __

**15** Du brauchst dir keine ______________________ zu ______________________ *(SORGEN / MACHEN)* und sollst nicht ______________________ *(SCHWARZ / MALEN)*, auch wenn es dir ______________________ *(SCHWER / FALLEN)*. 3 / __

**16** Lass es dir ______________________ *(GUT / GEHEN)*, auch wenn du ______________________ *(DIÄT / HALTEN)* und nur ______________________ *(LEICHT / VERDAULICH)* Speisen zu dir nimmst. 3 / __

**17** Nur mit den Krücken kann er ______________________ *(GUT / GEHEN)* und am Fest ______________________ *(TEIL / NEHMEN)*. 2 / __

**18** Es gab Stau und alles ______________________ *(KOPF / STEHEN)*, weil der öffentliche Verkehr ______________________ *(LAHM / LEGEN)* war. 2 / __

**19** Ihre Hobbys sind das ______________________ *(EIS / LAUFEN)*, das ______________________ *(TENNIS / SPIELEN)* und das ______________________ *(LESEN)*. 3 / __

**20** Dem Einspruch vor Gericht wurde ______________________ *(STATT / GEBEN)* und der Verurteilte wurde ______________________ *(FREI / SPRECHEN)*. 2 / __

Üben

**21** Deine ______________ *(BITTER / BÖSE)* Nachricht hat ihn ______________ *(ORDENTLICH / WÜTEND)* gemacht. 2 / __

**22** Sie redete in einer ______________ *(SCHWER / VERSTÄNDLICH)* Sprache. 1 / __

**23** Können Sie mir bitte diesen Betrag auf mein Kundenkonto ______________ *(GUT / SCHREIBEN)*? 1 / __

**24** Ich möchte an der Verlosung ______________ *(TEIL / NEHMEN)*. 1 / __

| **Auswertung** | |
|---|---|
| **mind. 45 richtig** | Wow! Du bist Profi! |
| **mind. 40 richtig** | Super! Das kannst du gut! |
| **mind. 35 richtig** | Saubere Arbeit! |
| **mind. 30 richtig** | Das geht sich knapp aus. Wenn du Zeit hast, dann wiederhole das Kapitel! |
| **weniger als 25 richtig** | Ui! Schau dir das Kapitel unbedingt nochmal genau an! |



## F Beistrichsetzung

**142** Ergänze die fehlenden 50 Beistriche. Tipp: Ein Beistrich ist keine Pflicht.

***

1 Für den Strudel brauchst du noch Äpfel Rosinen Brösel Zimt Zucker und Obers.

2 Danke für deinen lieben Brief Marianne er hat mich sehr gefreut!

3 Das fand sie weder interessant noch witzig aber es war wichtig.

4 Das hast du nicht einfach gut sondern ganz hervorragend gemacht Kalim!

5 Autsch dass du mir auf die Zehen treten sollst das habe ich aber nicht gesagt!

6 Die Adresse ist Lennergasse 2 Stiege 2  3. Stock Tür 12.

7 Ich habe sowohl heute als auch morgen Zeit aber am Mittwoch kann ich nicht.

8 Weil es gestern so heiß war mussten wir die Blumen gießen.

9 Dr. Yildiz unser Hausarzt ist bis nächste Woche auf Urlaub.

10 Die Übungen die ich gestern gemacht habe kann ich schon sehr gut.

11 „He Svetlana!" rief ihre Freundin. „Komm doch mit wir gehen schwimmen!"

12 Der Wandersmann zog aus um den verwunschenen Schatz zu finden.

13 Brr es ist kalt trotzdem muss der Hund raus ob ich will oder nicht.

Bitte umblättern! ↺

14 „Ich bitte dich" rief Elmar laut „das kann doch nicht dein Ernst sein!"

15 Wir glaubten dass wir das Match gewinnen könnten daher waren wir motiviert

16 Dass du mitmachen willst obwohl du krank bist das kann ich gut verstehen. Um mitmachen zu können musst du erst gesund werden dann sehen wir weiter.

17 Während wir schliefen baute unser Hamster ein kuscheliges Nest.

18 Was das hast du gesagt obwohl du Bescheid wusstest?

19 „Das ist ja" stotterte sie empört „das ist ja kaum zu glauben!"

20 Während ich übte kaufte meine Schwester Stifte Papier und Klebstoff für uns.

21 Wir waren mit dem Basteln erst fertig als es schon dunkel war.

22 Dieses Kuscheltier es ist uralt liebe ich noch immer obwohl es hässlich aussieht.

23 Der Film den wir gemeinsam sahen beschäftigte uns noch lange.

24 Elena komm hier rüber denn dort drüben ist es zu schattig!

| **Auswertung** | |
|---|---|
| **mind. 45 richtig** | Wow! Du bist Profi! |
| **mind. 40 richtig** | Super! Das kannst du gut! |
| **mind. 35 richtig** | Saubere Arbeit! |
| **mind. 30 richtig** | Das geht sich knapp aus. Wenn du Zeit hast, dann wiederhole das Kapitel! |
| **weniger als 25 richtig** | Ui! Schau dir das Kapitel unbedingt nochmal genau an! |

**1**

Angst, Atlas, Obst, Staub, lästig, Bestie, Krebs, gratis, Kusine
stehlen, Echse, ernst, stechen, endlos, fies, Frist, senden, Maske
durstig, Dinosaurier, diskutieren, Ergebnis, rasieren, faszinierend, Gämse, beweisen, Griesgram

| | | |
|---|---|---|
| Angst | stehlen | durstig |
| Atlas | Echse | Dinosaurier |
| Obst | ernst | diskutieren |
| Staub | stechen | Ergebnis |
| lästig | endlos | rasieren |
| Bestie | fies | faszinierend |
| Krebs | Frist | Gämse |
| gratis | senden | beweisen |
| Kusine | Maske | Griesgram |

**2**

| | | |
|---|---|---|
| bissig | Gasse | aggressiv |
| nussig | pressen | Entschluss |
| lassen | Esstisch | vermissen |
| Fessel | Anlass | vergesslich |
| passen | fassen | misstrauisch |
| Rasse | Prozess | Passagier |
| nass | Schuss | unerlässlich |
| wissen | Masse | Verfasser |
| Wasser | küssen | ungewiss |
| Fass | Schlüssel | Bewusstsein |

**3**

| | | |
|---|---|---|
| Schweiß | äußerlich | gießen |
| süß | Fußball | genießen |
| Ruß | Stoß | mäßig |
| Spaß | Soße | Erdgeschoß |
| außen | Strauß | grüßen |
| reißen | bloß | fließen |
| dreißig | heiß | büßen |
| Größe | heißen | verdrießen |
| Floß | fleißig | gefräßig |
| Geiß | weiß | Gießkanne |

**4** Angst, gratis, faszinierend, Bestie, fies, Griesgram

**5** aggressiv, Schluss, misstrauisch, nass, ungewiss, vergesslich

**6** äußerlich, weiß, Spaß, süß, heiß, fleißig

**7** süßen – süß; misstrauisch – misstrauen; Fußballtor – Fußballfan; durstig – Durst; bissig – Biss; fassen – Fass; Größe – groß; geistreich – Geist; lästig – Last

**8**

1 Die weiße Geiß ist voller Ruß.
2 Tim gießt maßvoll Soße in die Schüssel. / Tim gießt die Soße maßvoll in die Schüssel.
3 Ich will (auch) das Geheimnis (auch) wissen!
4 Der Freistoß war wirklich unfair!
5 Diese Hunderasse ist selten bissig.
6 Das Ergebnis des Prozesses ist ungewiss.
7 Die riesige Rasenfläche wird regelmäßig gegossen.
8 Lass mich bloß in Ruhe!
9 Du warst äußerst fies!
10 Hast du das vergessen?
11 Die Spielerin gab dem Ball mit dem Fuß einen aggressiven Stoß.

**9**

Folgende Wörter musst du durchstreichen:
1 die Wiesenblume
2 gewesen
3 ich weiß
4 das Nashorn
5 riesig
6 wir lasen
7 zerreißen
8 das Eis genießen

**10**

1 Schweißnass und voller Schweißflecken stand ich vor der Klasse.
2 Elena liebt Süßspeisen und Süßigkeiten. Sie süßt allerdings immer mit Süßstoff.
3 Beim Fallschirmspringen muss man fest an der Reißleine reißen.
4 Der Entfesselungskünstler fesselte unsere gesamte Aufmerksamkeit, während er sich von den Fesseln befreite.
5 Hast du dich in eurem neuen Haus schon häuslich eingerichtet oder fühlst du dich noch nicht zu Hause?
6 Bei der Diskussion diskutierten alle Diskussionsteilnehmerinnen und -teilnehmer mit guten Argumenten.

**11**

| kurzer Vokal | langer Vokal |
|---|---|
| der Schuss | schießen |
| wissbegierig | ich weiß |
| genüsslich | genießbar |
| goss | die Gießkanne |
| der Spross | sprießen |
| zerrissen | zerreißen |
| bissfest | die Beißzange |
| die Messung | das Maßband |
| essen | aß |

**12**

| Nomen | Verb |
|---|---|
| der Gruß | grüßen |
| der Biss | beißen |
| der Spross | sprießen |
| das Maß | messen |
| der Schuss | schießen |
| der Schluss | schließen |
| der Guss | gießen |

**13**

| | | | |
|---|---|---|---|
| **1** beißen | biss | gebissen | beiß(e)! |
| **2** fließen | floss | geflossen | fließ(e)! |
| **3** fressen | fraß | gefressen | friss! |
| **4** gießen | goss | gegossen | gieß(e)! |
| **5** reißen | riss | gerissen | reiß(e)! |
| **6** schießen | schoss | geschossen | schieß(e)! |

**14**

**1** Die schusssichere Weste schützt die Heldin vor den Schüssen der schießwütigen Bösewichte.
**2** Die Vergesslichkeit meines Opas war so weit fortgeschritten, dass er seine Adresse vergaß.
**3** Mit der Gießkanne goss ich reichlich Wasser über die Blumen.
**4** Bald darauf entdeckte ich einen frischen, grünen Spross. Schön, wenn die Pflanzen so üppig sprießen!
**5** Die gesamte Gruppe aß das indische Essen, wie es der Tradition entspricht, nämlich ohne Essbesteck: mit den Fingern und mit Brot.
**6** Gibst du mir einen Bissen von deinem Müsliriegel? – Sehr gern, ich kann ihn ohnehin nicht beißen, er ist mehr als bissfest, er ist steinhart!
**7** „Weißt du über die neuesten Erkenntnisse der Wissenschaft Bescheid?", will meine wissbegierige kleine Schwester wissen.
**8** „Jetzt ist aber Schluss mit der Streiterei", ruft der Bademeister, „sonst schließe ich die Wasserrutsche!"
**9** Pass auf, dass der Riss in der Hose nicht weiter aufreißt!
**10** Wo der Fluss ruhig fließt, dort kann man ihn mit einem Floß überqueren.
**11** Ich dachte, dieses Eis wird ein Genuss, aber ich muss sagen, so wirklich genießbar ist es leider nicht.

**15**

**1** Mein gutes Zeugnis ist das Ergebnis meiner konsequenten Arbeit!
**2** Es war eine turbulente Zeit: Die Ereignisse überstürzten sich.
**3** Elena hat sowohl sehr gute Kenntnisse in ihrer Erstsprache als auch in Deutsch.
**4** Dieses Konzert war ein ganz besonderes Erlebnis.
**5** Meine Eltern gaben mir die Erlaubnis, gemeinsam mit meiner Tante hinzugehen.
**6** Ich finde, dass man Zirkusse verbieten sollten: Die Tiere leiden zu sehr!
**7** Ja, Tierleid muss man verhindern. Aber deswegen gleich jeden Zirkus zu verbieten, halte ich für übertrieben.
**8** Das stimmt vielleicht. Aber die Verhältnisse für die Tiere sind dort meistens sehr schlecht.

**16**

1 Der wertvolle Atlas ist dreihundert Jahre alt. Er ist der schönste aller Atlanten, die ich bisher gesehen habe. Man sieht darin sogar Skizzen von fernen Galaxien, das ist sehr ungewöhnlich!
2 Lena hat sich gestern die neuen Jeans gekauft, auf die sie sich schon lange gefreut hat.
3 Dieser Kaktus hat aber viele Stacheln. Ich mag Kakteen nicht sehr.
4 Mmh, hier riecht es nach Pommes frites!
5 Ein Virus ist ein Krankheitserreger, der einen so genannten „Wirt" zum Überleben braucht. Gegen manche Viren gibt es Impfungen.

**17**

Der Trainer hat viel Verständnis für die Mannschaft. Die guten Ergebnisse bei den Spielen haben auch damit zu tun, dass er nicht in einer anderen Galaxis lebt, sondern die Probleme seines Teams versteht. Er kann ein Geheimnis für sich behalten! Manche Menschen verbreiten Geheimnisse ja wie ein Virus. Dann gibt es einen Zirkus, weil sich jemand beleidigt fühlt und stachelig wie ein Kaktus reagiert. Aber mit Kakteen haben wir Menschen eigentlich nicht so viel gemeinsam! Mit viel Glück hilft eine Einladung zu Pommes frites, um das frostige Verhältnis wieder zu entspannen. Zu oft sollte das dann aber nicht passieren, sonst passt keiner der Beteiligten mehr in seine Jeans.

**18**

| | | |
|---|---|---|
| massenhaft | maßvoll | Masern |
| Massentierhaltung | Maßstab | Maske |
| Menschenmasse | Ausmaß | Mast |
| massiv | Maßeinheit | Mascara |

**19**

1 Früher erkrankten Kinder immer wieder **massenhaft** an **Masern**.
2 Der **Mast** des Schiffes drohte im Sturm zu zerbrechen.
3 Immer mehr Menschen essen wenig oder kein Fleisch, weil sie die **Mast** von Nutztieren und die **Massentierhaltung** nicht fördern wollen.
4 Mit der **Maske** über Mund und Nase hätte ich dich fast nicht erkannt!
5 Die Landkarte ist im **Maßstab** 1:25 000 erstellt.
6 In vielen englischsprachigen Ländern ist „Fuß" eine übliche **Maßeinheit**. Ein Fuß entspricht 30,48 Zentimeter.
7 Das **Ausmaß** der Zerstörung nach dem Sturm war **massiv**.
8 Kaufen Sie unseren neuen **Mascara** für strahlende „Augenblicke"!
9 Beim Kaffeekonsum sollte man **maßvoll** sein.

**20**

1 A: Das (Dies) ist das T-Shirt, das (welches) ich gesucht habe.
B: Meinst du das (dieses) oder das (dieses) hier?
A: Keines von beiden, das (jenes) dort drüben!
2 Gib mir bitte das Buch, das (welches) dort auf dem Regal steht.
3 Er glaubt das (dies) wirklich!

**21**

1 Ist das (dies) der Film, von dem du erzählt hast?
2 Nein, das (dies) kommt nicht in Frage!
3 Wieso weißt du das (dies)?
4 Ich weiß nur das (dieses/jenes), was du mir gestern darüber erzählt hast.
5 Wem gehört denn das (dieses) Handy hier?

**6** Oh Mann, was soll das (dies) bloß?
**7** Denk daran, das (dieses) Buch rechtzeitig zurückzubringen!
**8** Es gibt ein Geheimnis, das (welches) ich nie verraten darf.

**22**

**1** Ich hoffe, dass ich die Schularbeit gut schaffe. Dass ich die Schularbeit gut schaffe, hoffe ich.
**2** Frau Schubert glaubt, dass ihr Hund schwer krank ist. Dass ihr Hund schwer krank ist, glaubt Frau Schubert.
**3** Miriam freut sich darauf, dass bald ihre Geburtstagsparty steigt. Dass bald ihre Geburtstagsparty steigt, darauf freut sich Miriam.

**23**

**1** Es ist nicht erlaubt, **dass** Hunde hier in der Wiese spielen!
**2** Hast du **das** auch gehört, **dass** Elena nicht mehr mit Ruth reden will?
**3** Mike hofft, **dass** er bald bei einem Match im Tor stehen wird.
**4** Lass **das**! **Das** ist nichts für dich!
**5** Aha! Woher willst du **das** wissen?
**6** Wir wollen über **das** Buch sprechen, **das** Sie uns empfohlen haben.
**7** Habt ihr **das** interessant gefunden?
**8** Ja, so sehr, **dass** wir uns entschlossen haben, eine Buchvorstellung zu machen.

**24**

Er glaubt, **dass** er das Richtige getan hat. Aber wir sind sicher, **dass** sein Verhalten ein Fehler war. Es stimmt, **dass** die Entscheidung des Schiedsrichters unklar war. Vielleicht war der Ball noch innerhalb der Linie, **das** weiß keiner so genau. **Dass** Leon dann so ausgerastet ist, **das** hat uns alle überrascht. Es tut ihm zwar leid, aber **dass** er sich entschuldigen sollte, **das** sieht er nicht wirklich ein.

**25**

Hi Lilli, hast du schon gehört, dass morgen nach der Schule bei Tim ein Gartenfest ist?

Hey Marcel! Echt? Nein, das hat er mir gar nicht gesagt. ☹ Was soll das bloß?

Keine Sorge, das ist nicht böse gemeint. Seine Mum hat das spontan entschieden, dass das in Ordnung geht. Er darf ein paar Leute einladen, aber jeder soll was mitbringen.

Ah cool! Das ist etwas anderes.

Ich nehme das Slacklining-Set mit. Das kann man bei ihm aufspannen.

Super! Das würde ich eh gerne mal ausprobieren. Aber Lina sagt, dass das extrem schwierig ist.

Das lernst du schon. Kannst du das auch Irina und den anderen Mädels sagen?

Aber sicher, das ist kein Problem! ☺

**26**

Die Schreibung ist korrekt. Es handelt sich bei den Wörtern nicht um ein Doppel-s nach kurzem Vokal, sondern um zwei Wörter, die verbunden werden. Dadurch folgen zufälligerweise zwei „s" aufeinander.

**27**

**1** Ergebnisse
**2** Atlanten
**3** Missverständnis
**4** fies
**5** Bestie
**6** biss
**7** beweisen

**28** Er verlie**ß** das Zelt und **s**ogleich war Mikion neben ihm. **S**eit er ihn wiedergefunden hatte, schien sein Hund wie au**s**gewechselt zu sein. Mikion wich ihm keinen Schritt mehr von der **S**eite, lie**ß** sich brav nieder, selb**st**, wenn er es ihm gar nicht befohlen hatte, und wartete geduldig, wa**s** pa**ss**ieren würde. Jetzt war Dareg doch froh, da**ss** er ihn nicht ausgetauscht hatte. Er bahnte sich einen Weg durch die Menge der Krieger. Noch nie hatte er so viele Hopliten auf einem Fleck gesehen wie hier. […] Dareg wu**ss**te nur, da**ss** Alexander immer noch Männer für einen Feldzug gegen den Gro**ß**könig der Perser, Dareios, **s**ammelte. Er mu**ss**te an die Geschichten denken, die man bei ihm zu Hause darüber erzählte. Zum Beispiel, als Dareios erfuhr, da**ss** Alexander gegen ihn zog. Der Perserkönig soll laut gelacht haben.

Roland Mueller: Der Kundschafter des Königs. Auf den Spuren Alexanders des Großen. München: cbj-Verlag 2005, S. 31f.

**29**

| | | | | | | | | | | | | | |
|---|---|---|---|---|---|---|---|---|---|---|---|---|---|
| E | B | E | N | T | D | E | C | K | E | N | B | Ü | X |
| A | A | N | M | R | Ä | E | N | T | S | E | T | Z | T |
| M | G | D | Ü | E | O | X | Q | J | W | M | L | M | Z |
| D | A | L | E | N | T | F | Ü | H | R | U | N | G | G |
| L | H | O | N | D | A | D | P | J | H | I | D | Ü | H |
| R | L | S | D | G | T | E | N | D | S | P | I | E | L |
| J | W | Y | L | Ü | O | R | O | A | O | L | P | A | Y |
| A | S | Ü | I | L | Ü | O | L | R | Ü | R | T | I | L |
| Q | K | M | C | T | O | B | Ü | H | T | T | P | D | F |
| P | D | H | H | I | P | D | Ä | F | N | J | M | A | J |
| T | E | N | T | G | E | H | E | N | N | M | Z | U | Q |

End/end: endlos, endlich, endgültig, Endspiel
Ent/ent: entdecken, entsetzt, Entführung, entgehen

**30**

1 Das **Endergebnis** des Spiels war leider **enttäuschend**.
2 Das Team beschloss, sich **endgültig** von dem Trainer zu trennen.
3 **Endlich** konnte ich den Gips **entfernen** lassen.
4 Silja legte einen genialen **Endspurt** hin.
5 Alle aussteigen, **Endstation**!
6 Diese Beschuldigung **entbehrt** jeder Grundlage!
7 Es war mir unangenehm, mich beim Schularzt vor allen zu **entkleiden**.
8 Das Haar am Tatort **entlarvte** den Dieb.

**31** Der En**t**führer en**t**riss dem Polizisten die Waffe. Das war ein en**t**scheidender Moment in dem Film! Mit En**t**setzen sah das Publikum, wie der Bösewicht en**d**gültig über das Gute zu siegen drohte. So manches Gesicht en**t**färbte sich und wurde blass. Das en**t**sprach so gar nicht dem En**d**ergebnis, das sich viele erhofft hatten. In meinem Kopf en**t**warf ich Möglichkeiten, wie die Geschichte doch noch zu einem guten En**d**e kommen könnte. Doch ich konnte keine Möglichkeit en**t**decken. Letzten**d**lich en**d**ete der Film für mich en**t**täuschend.

**32**

1 Mike gab beim Endspurt alles, trotzdem war er vom Endergebnis seiner Gesamtwertung en**tt**äuscht.
2 Ich habe mich entschieden und mein Entschluss steht en**d**gültig fest.
3 Jakob entwirft einen Plan für die Sitzordnung bei der Familienfeier.
4 Die Kommissarin entlarvte am Ende die Täterin.
5 Diese Entzündung entwickelt sich endlich zum Besseren.
6 Ich entfernte den Deckel und en**td**eckte eine geheimnisvolle Vase.
7 Gehen Sie immer hier en**t**lang, die Entfernung zum Ziel ist nicht mehr groß.
8 Entschuldige, bitte!

**33**

| | | | | | | | | | | | | | |
|---|---|---|---|---|---|---|---|---|---|---|---|---|---|
| F | B | E | N | T | F | O | R | E | L | L | E | Ü | V |
| E | A | N | M | R | O | E | N | T | S | E | T | Z | E |
| R | G | D | F | O | R | M | U | L | A | R | L | M | R |
| N | A | L | E | N | D | F | Ü | H | R | U | G | A | K |
| L | H | O | N | F | E | R | I | E | N | I | D | Ü | E |
| V | E | R | H | Ö | R | E | N | D | S | P | I | E | H |
| J | W | Y | L | Ü | U | R | O | A | O | L | P | A | R |
| A | S | Ü | I | L | N | O | L | R | Ü | R | T | I | L |
| Q | Y | M | C | T | G | B | Ü | H | T | T | P | D | F |
| P | D | H | H | I | P | V | O | R | S | I | C | H | T |
| V | O | R | R | A | T | H | E | N | N | M | Z | U | Q |

mit Vorsilbe: verhören, Verkehr, Vorrat, Vorsicht
ohne Vorsilbe: fern, Forderung, Formular, Ferien, Forelle

**34**

1 Auf dem Ferienbauerhof gab es süße, kleine Ferkel.
2 Sei vorsichtig, damit du dich nicht verletzt!
3 Meine Verwandten wohnen in einem fernen Land.
4 Kannst du die Zutaten bitte gut verrühren?
5 Die Forscherin arbeitet sehr verlässlich. Ihre Ergebnisse sind vorzüglich.
6 Ich verspüre einen Schmerz in der Ferse.

**35**

**V**erschmitzt lächelte der Kommissar, denn er hielt seine **V**erhöre für **v**orzüglich. Es musste doch auszu**f**orschen sein, wer das antike **F**ernglas des Stargastes beim Schul**f**est **v**orsätzlich entwendet hatte. **V**erloren gegangen war es sicher nicht. Der Professor hatte es **v**orsichtig unter **V**erschluss gehalten. Trotzdem war es plötzlich **f**ort. Stundenlang hatten er und die Direktorin es **v**ergeblich gesucht.

**36**

1 Hat Elena diese Zettel **v**erteilt?
2 Die Zeitung veröffentlichte die neuesten Forschungsergebnisse.
3 Sei **v**orsichtig, damit du dich nicht verläufst!
4 Oh, die Likes haben sich ja vervielfacht!
5 Ich muss noch etwas für morgen **V**ormittag vorbereiten.
6 **V**ersteh doch bitte, das Versteck darf ich nicht verraten!

**37**

**1** Wo **seid** ihr denn gestern gewesen?
**2** **Seit** drei Wochen habe ich nichts von ihr gehört.
**3** **Seit** dem Kindergarten seid ihr meine allerbesten Freunde.
**4** **Seid** ihr damit einverstanden?
**5** Auf die Bestellung wartet meine Mutter **seit** Langem (langem).

**38**

**1** Habt ihr sei**t** gestern wirklich gar nichts von ihm gehört?
**2** Wo sei**d** ihr denn, ich warte schon sei**t** zwanzig Minuten auf euch!
**3** Seit wann sei**d** ihr befreundet?
**4** Konrad lebt sei**t** drei Wochen bei seinem Papa.
**5** Also, dann los! Sei**d** ihr bereit?

**39**

Seit Irina regelmäßig im Team mitspielt, hat sich ihre Technik verbessert. Wenn ihr auch alle dafür sei**d**, werde ich sie für das nächste Match aufstellen. Wir haben sei**t** der vorigen Saison schon zwei sehr gute Spielerinnen verloren. Weil ihr manchmal etwas gemein sei**d**, hat Lina ja unser Team verlassen. Sei**t**dem läuft es nicht mehr so gut. Seid ihr da meiner Meinung?

**40**

| | | | | | | | | | | | | | |
|---|---|---|---|---|---|---|---|---|---|---|---|---|---|
| T | O | D | E | S | A | N | G | S | T | Z | T | K | W |
| O | W | O | H | W | U | Z | L | I | O | A | Ö | A | N |
| T | A | Z | E | H | E | P | P | G | D | P | D | K | K |
| E | P | K | T | Ö | T | E | N | X | S | Ü | L | E | M |
| N | C | Ü | N | H | W | Z | X | Z | I | J | I | V | N |
| B | Z | Y | Ä | D | G | Z | W | I | C | A | C | B | W |
| L | A | I | D | P | A | L | Ä | I | H | W | H | A | I |
| A | Z | G | Z | L | D | E | Z | G | E | I | Z | O | W |
| S | W | Z | H | J | D | I | D | E | R | W | Z | K | W |
| S | I | T | O | T | E | N | S | T | I | L | L | E | Y |
| T | O | D | U | N | G | L | Ü | C | K | L | I | C | H |

Tod/tod: Todesangst, todsicher, tödlich, todunglücklich
Tot/tot: töten, Totenstille, totenblass

**41**

**1** Nach dem Knall herrschte To**t**enstille.
**2** Was ist denn los? Du bist ja to**t**enblass.
**3** Der Biss dieser Schlange endet oft tö**d**lich.
**4** Darüber könnte ich mich to**t**ärgern.
**5** Wenn Blicke tö**t**en könnten, wäre ich wohl to**t** umgefallen.

**42**

**1** Ferkel
**2** vergessen
**3** enttäuscht
**4** Endstation
**5** verletzen
**6** Forelle
**7** Vormittag
**8** Untote
**9** tödlich

**43**

1. tö**d**lich – To**t**enstille – getö**t**et – To**d**eszeitpunkt – To**d**esangst – to**d**bringend – to**t**schlagen – **t**ot sein – To**d**estag – sich to**t**lachen – To**t**enschädel
2. **v**erstehen – **V**erletzung – **F**ernseher – **V**orhang – **F**orderung – **v**orzüglich – **F**erse – **v**ertrauensvoll – **F**orscher – **F**orelle – **V**orderrad – **V**ersteck – **V**orsicht
3. sei**t**dem – ihr sei**d** – sei**t**lich – sei**t**wärts – sei**t**her – sei**t** wann
4. en**t**sperren – en**t**wickeln – en**d**los – En**t**täuschung – en**d**lich – En**d**spiel – En**t**zündung – en**d**gültig – en**t**decken

**44**

Zwei Erdplatten teilen Kalifornien in zwei Hälften auf: Die Nordamerikanische Platte und die Pazifische Platte schlittern dort sei**t**lich aneinander vorbei. Die Bruchstelle wird San-Andreas-**V**erwerfung genannt. [...] Im Jahr **v**erschieben sich diese Erdplatten um 6 cm: Dabei rücken Los Angeles und San Francisco näher zusammen. [...] Teilbereiche der Platten **v**erhaken sich dabei und lösen sich nach kürzerer oder längerer Zeit wieder mit einem mächtigen Ruck: einem Erdbeben. [...] Das letzte schwere Beben in Südkalifornien mit tö**d**lichen Folgen war [...] im Jänner 1004. Dabei starben 72 Menschen, 9000 wurden **v**erletzt und es entstand ein Milliardenschaden. [...]
Seit Neuestem untersuchen amerikanische Wissenschafter winzige unterirdische Erdstöße en**t**lang der San-Andreas-**V**erwerfung. [...] Die Forscher rechnen bis 2039 mit dem „Big One": Die Wahrscheinlichkeit eines Erdbebens mit einer Stärke von 6,7 oder mehr in den kommenden Jahren liegt bei 99 Prozent.

**Richterskala**

Der amerikanische Seismologe Charles Francis Richter en**t**wickelte [...] ein System zur Bewertung der Erdbebenstärke. Die Idee war, ein und dasselbe Erdbeben an mehreren Stationen zu messen und aus den unterschiedlichen En**t**fernungen seine Stärke im Epizentrum zu berechnen. [...] Ein Punkt mehr auf der Richterskala bedeutet eine zehnfach stärkere Bewegung der Erde.

Petra Bachmann: Die gefährlichsten Orte der Welt. München: arsEdition GmbH 2013, S. 22f.

**45**

a/ä: brav, Bär, dankbar, dämlich, Denkmal, heilsam, hurra, Kamerad, Maßstab, Merkmal, minimal, Tat, Park, Porzellan, privat, raten, Regal, Nagel, Spaß, Salat, schlagen, Vater
aa: Brautpaar, paarweise
ah/äh: abfahren, Diebstahl, ermahnen, Nachtmahl, Hahn, wahr, Zahl, jährlich, Gefahr, gefährlich

**46**

1. Das Nachtm**ah**l war heute wieder einm**a**l hervorragend!
2. Sie sahen dreim**a**l denselben Film.
3. M**ah**lzeit! – Danke vielm**a**ls!
4. Das Denkm**a**l wurde nachts mit roter Farbe bem**a**lt.
5. Mehl besteht aus gem**ah**lenem Getreide.

**47**

1. War das wirklich die W**ah**rheit?
2. W**ah**rscheinlich w**a**ren die Spieler nicht richtig aufgewärmt.
3. Was hast du erw**a**rtet?
4. Das w**a**r doch w**ah**rlich keine Überraschung.
5. Erw**a**rtungsgemäß w**a**r der Test unw**ah**rscheinlich knifflig.

**48**

1 Ich war dank**bar**, dass ich humpeln konnte und keine **Bahre** benötigte.
2 Im ganzen **Saal** herrschte gute Laune. Niemand blies Trüb**sal**.
3 In Märchen erleiden viele Figuren ein schlimmes Schick**sal**.
4 Beim **Saal**eingang konnte man nur mit **Bar**geld bezahlen.
5 Unser Turn**saal** ist derzeit leider nicht benütz**bar**.

**49**

Die Zeuginnen und Zeugen wurden mehrmals befragt. Die Richterin wollte die Wahrheit herausfinden. Doch an dem Fall war vieles sonderbar. Das verschwundene Bargeld war unauffindbar. Nach der Mittagsmahlzeit kam das Publikum zurück in den Gerichtssaal. Der Angeklagte bat um ein gnädiges Schicksal.

**50**

1 Ich möchte mit **minimalem** Aufwand das **optimale** Ergebnis erreichen.
2 Hui, diese **Paprika** ist aber sehr scharf!
3 **Sklavinnen** und **Sklaven** mussten oft unter großen **Strapazen** schuften.
4 Meine Oma wohnte als Kind im **Internat**, weil es in ihrem Dorf kein **Gymnasium** gab.
5 Bei der **Safari** sahen wir sogar wilde **Geparden**.
6 **Reklame** ist ein anderes Wort für Werbung.
7 Meine Mutter sieht sich gerne Krimis mit cleveren **Kommissaren** an.

**51**

e/ä: beten, Weg, Klebstoff, Brezel, derzeit, Ekel, Erbse, kegeln, Kollege, Krebs, wedeln, werken, wesentlich, Härchen
eh/äh: abwehren, Lehrer, mäht, Sehhilfe, wehtun, Verkehr, entbehren, Ehre, mehr, verzehren, nehmen
ee: Beet, Heer, leer, Badesee, Glücksklee, Erdbeere, Meer, Kaffee, Tee

**52**

1 Der Priester b**e**tet. – Wir bearbeiten die Blumenb**ee**te.
2 Das H**ee**r soll Gefahren abw**e**hren.
3 Schau mal, die Maus hat ganz zarte H**ä**rchen an der Schnauze!
4 Die T**ee**tasse der Lehrerin ist l**ee**r.
5 Der Kr**e**bs am Bades**ee** hat mich gekniffen. Das hat w**eh**getan.
6 Auf der F**e**te verz**eh**rte Milo alle Br**e**zeln.
7 Hast du noch Kl**e**bstoff in Res**e**rve?
8 Der Flugverk**e**hr auf unserem Plan**e**ten wird immer m**e**hr.
9 Der Schulwart m**äh**t das Gras im Schulhof.

**53**

1 Mit der **Säge** schnitt ich das Brett zurecht.
2 In Krimis wollen die Täter sich oft aus verletzter **Ehre** an jemandem **rächen**.
3 Nach dem **Gebet segnet** der Priester die Gläubigen.
4 Tim **spähte** durch sein **Fernglas** und sah einen **Bären** zwischen den **Ähren** im Feld.
5 In vielen Gegenden der Welt ist **Lehm** ein wichtiges Baumaterial.
6 Ich war so erschrocken, ich war wie **gelähmt**.
7 Du bist schon wieder zu **spät**!
8 Wer auch immer dieses Posting verfasst hat: Du solltest dich dagegen **wehren**.

**54**
1 Willst du dir auch einen Glücksklee nehmen? – Ja, gerne. Gibst du mir einen her?
2 Direkt beim Meer gibt es leider keine Plätze mehr.
3 Das kleine Kind gibt seinem Teddybären eine Himbeere.
4 Der Badesee ist derzeit fast leer.
5 Den Erbseneintopf konnte niemand verzehren, weil er wirklich eklig schmeckte.
6 Ich bitte Sie herzlich, nehmen Sie doch noch etwas Tee oder Kaffee!

**55**
o/ö: Tor, lösen, Stoß, groß, atemlos, endlos, Ergeschoß, gehorsam, Golf, Gondel, grob, höflich, irgendwo, Knoblauchsoße, loben, lösen, Not, Obst, Schlagobers, holen, verlor
oh/öh: föhnen, fröhlich, Drohung, hohl, obwohl, Ohr
oo: Boot, Moos, Shampoo, Pool, Zoo, doof, Moor

**56**
Beton: Viele Häuser werden aus Beton gebaut.
Kanone: Im Museum sah ich alte Kanonen.
Kobra: Die Kobra ist eine faszinierende Schlange.
Humor: Mein Papa hat viel Humor.
Organisation: Die Organisation des Schulfestes liegt bei den 3. Klassen.
Balkon: Unsere Katze schläft im Sommer am liebsten auf dem Balkon.

**57**
1 Ich finde es **cool**, dass du bei der **Aktion** mitmachen willst.
2 Pfui, auf der Pizza ist aber eine **große Portion Knoblauchsoße**!
3 Wir spazierten **fröhlich** durch den **Zoo**.
4 Im **Erdgeschoß** des Hotels ist ein **Pool**.
5 Nach dem Ausspülen des **Shampoos föhne** ich die Haare.
6 Das **Boot löste** sich vom Seil und verschwand **irgendwo** im Schilf.

**58**
1 föhnen
2 Ohr
3 fröhlich
4 Pool
5 Schlagobers
6 doof
7 Moos

**59**
u/ü: übel, Hügel, duzen, Gemüse, Glut, jugendlich, üblich, Hubschrauber, Gugelhupf, Gulasch, Gusto, suchen, Kostüm, Schnur, schnurstracks, Schürze, Sekunde, Kundschaft, Truthahn, üben, über, Urlaub, süß
uh/üh: fuhr, kühlen, früh, Frühjahr, mühselig, Ruhm, berühmt, Uhr, rühren

**60**
1 Der **Gugelhupf** muss nach dem Backen noch **auskühlen**.
2 Kannst du bitte das **Gulasch umrühren**?
3 Im **Urlaub** sah ich die **berühmte** Pyramide.
4 Im **Hubschrauber** wurde mir leider **übel**.
5 Für den Fasching suche ich ein **Kostüm**.
6 Ich habe **Gusto** auf etwas **Süßes**.
7 In dem Möbelhaus wird die **Kundschaft** von allen **geduzt**.
8 Aus der **Glut** ein hohes Lagerfeuer zu entfachen, das ist **mühselig**.
9 Die **Jugendlichen fuhren** mit ihrem Skateboard den **Hügel** hinunter.

**61** Nach drei **Stunden** Wanderung machten wir eine Pause und **ruhten** uns aus.

**1** Leider drückte mein linker **Schuh**, sodass ich ein Blasenpflaster brauchte.
**2** Während wir in der Wiese saßen, besuchte uns eine **Kuh**.
**3** Nach einer Weile kam auch noch ein **Huhn** des Weges.
**4** Wir waren höflich, und **duzten** die Tiere nicht, sondern siezten sie.
**5** Das **Huhn** war so **süß**, wir nannten es „Frau Gugelhupf".
**6** Der Abstieg vom Berg war mit der Blase am **Fuß** sehr **mühselig**.
**7** „Hoffentlich brauchen wir keinen **Hubschrauber** für dich!", machte sich meine Schwester **über** mich lustig.
**8** Zu Hause legte ich mich **schnurstracks** in die Badewanne.
**9** Danach hatte ich **Gusto** auf ein Gulasch. Meine Schwester wollte nur ein Glas **Apfelmus** essen. Im Kühlschrank gab es aber nur **Gemüse** und **Truthahnkeulen**.
**10** Ich nahm meine **Schürze** und kochte für uns etwas Gutes.

**62**

**1** In der **U**rzeit orientierten sich die Menschen noch nicht an der **Uh**rzeit, sondern am Stand der Sonne.
**2** Der **Ü**beltäter muss mit einem harten **U**rteil rechnen.
**3** Ich suche die Schn**u**r für das Kost**ü**m. Wo ist sie n**u**r?
**4** Manchmal mache ich mir frisches Apfelm**u**s. Man muss allerdings gut r**üh**ren, damit es nicht anbrennt.
**5** Österreich ist ber**üh**mt für seinen G**u**gelhupf.
**6** Der schnellste **Uh**rzeiger zeigt die Sekunden an.
**7** Im Fr**üh**jahr werden die H**ü**gel rund um die Stadt gr**ü**n.
**8** Mir ist **ü**bel, kannst du bitte die Klimaanlage etwas k**üh**ler stellen?
**9** Auf Gem**ü**se habe ich selten G**u**sto.
**10** Die H**üh**ner br**ü**ten die Eier aus.
**11** Der H**u**bschrauber landete um drei **Uh**r Früh.
**12** Im **U**rlaub möchte ich nichts M**üh**seliges tun müssen.

**63**

**i:** Kabine, Maschine, Kilo, Klima, kritisch, Vampir, Ventil, Giraffe
**ie(h):** gießen, bewies, bieten, Vieh, Dieb, siezen, entschied, erfrieren, Ziel, fies, genießbar, kariert, lieb, Niere, nieseln, Spaziergang, Turnier, Ziege, gierig, zierlich, empfiehlt, spielt, Sieger, ziemlich, dieser, Riese
**dieses Wort fällt aus der Reihe:** Handy

**64**

**1** Der **liebe Riese** machte mit der **Giraffe** einen **Spaziergang** im **Nieselregen**.
**2** Beim **Turnier** war **diesmal** nicht Gryffindor der **Sieger**.
**3** Der **Dieb** war **ziemlich fies**: Er stahl die **Handys** aus den Spinden.
**4** Das **Ventil** der **Maschine** ist undicht.
**5** Dieses **Klima bietet** gute Bedingungen für **Ziegen**.

**65**

**1** Oh je, die M**i**ne meines Druckbleistifts ist schon wieder abgebrochen.
**2** Im Winter gen**ie**ßen meine Großeltern das Klima am Meer. Dort müssen sie nicht fr**ie**ren.
**3** Ich entsch**ie**d mich für das kar**ie**rte Shirt. In der Kab**i**ne betrachtete ich es kr**i**tisch.
**4** Leider war es nicht mein St**i**l, obwohl es meiner Mutter sehr gef**ie**l.
**5** Der St**ie**l an der Kehrmasch**i**ne ist klebrig.
**6** Bitte g**ie**ße die Pr**i**meln z**ie**mlich v**ie**l, sie brauchen das.
**7** Der Händler b**ie**tet selbstgemachten Z**ie**genkäse an.

**8** Beim Turn**ie**r bew**ie**s das Team gute Nerven.
**9** Ich finde es f**ie**s, dass d**i**r n**ie**mand geholfen hat!
**10** Irina sp**ie**lt am Klavier.
**11** Passt auf, bei den R**i**biselsträuchern sind viele B**ie**nen.
**12** Das Sprichwort sagt: „Kleinv**ie**h macht auch Mist."
**13** Willst du l**ie**ber im L**ie**gestuhl oder in der Hängematte lesen?

**66**

**1** Wir **diskutieren** gerade darüber, ob der Test zu schwierig war.
**2** Die Wissenschafterinnen und Wissenschafter **experimentieren** mit dem Virus.
**3** Die Direktorin **informiert** uns über die neuen Regelungen.
**4** Wolfgang Amadeus Mozart hat viele berühmte Stücke **komponiert**.
**5** Die Bankräuber waren mit Strümpfen **maskiert**.
**6** Bitte **notiert** euch das, es ist wichtig!
**7** Mein Bruder muss sich schon fast jeden Tag **rasieren**.
**8** Die Sirene **alarmiert** die Feuerwehr.
**9** Das Geschenk für meine Freundin will ich schön **dekorieren**.
**10** Diese Sätze sind alle **nummeriert**.
**11** Wie hat sie denn auf dein Mail **reagiert**?
**12** Linus findet Dokumentationen über das Weltall **faszinierend**.
**13** Das Pferd **galoppiert** **unkontrolliert** über die Straße.
**14** Die Kellnerin **serviert** uns das bestellt Essen.
**15** Oh je, ich glaube, nach dem Sturz kann man das Rad nicht mehr **reparieren**.
**16** Wir müssen die Spielsteine nach Farben **sortieren**.

**67**

| | | | | | | | | | | | | | |
|---|---|---|---|---|---|---|---|---|---|---|---|---|---|
| A | B | W | I | E | D | E | R | H | O | L | U | N | G |
| O | W | I | E | D | E | R | S | E | H | E | N | Z | P |
| W | I | D | E | R | S | I | N | N | I | G | Ü | M | U |
| W | I | E | D | E | R | A | U | F | B | A | U | A | K |
| U | H | R | O | K | P | U | A | T | J | A | J | Ü | L |
| A | I | L | B | L | F | H | I | D | S | P | I | E | A |
| Q | W | I | D | E | R | S | P | R | U | C | H | A | T |
| E | S | C | N | W | I | D | E | R | L | E | G | E | N |
| Q | W | H | Y | T | A | M | V | L | S | F | G | T | Ü |
| W | I | E | D | E | R | E | R | K | E | N | N | E | N |

Wieder/wieder: Wiederholung, Wiedersehen, Wiederaufbau, wiedererkennen
Wider/wider: widersinnig, Widerspruch, widerlegen, widerlich

**68**

**1** Ich kann diese Beschuldigung **widerlegen**.
**2** Wann wirst du **wiederkommen**? Ich vermisse dich jetzt schon!
**3** Voldemort ist der große **Widersacher** von Harry Potter.
**4** „Genug jetzt! Ich dulde keine **Widerrede** mehr!", rief die Trainerin.
**5** Das Pferd schnaubte und schüttelte **widerspenstig** den Kopf.
**6** Kannst du in eigenen Worten **wiedergeben**, was Tim gesagt hat?
**7** Kühe und andere **Wiederkäuer** besitzen verschiedene Mägen.

**69** Trotz der w**i**drigen Umstände leistete Viola ihrer Müdigkeit W**i**derstand. Sie schaffte auch abends noch die dritte W**ie**derholung der Vokabeln mit ihrer Lernkartei. Am nächsten Tag konnte sie alle fehlerlos w**ie**dergeben. Damit widerlegte sie ihre Angst, dass die Lehrerin ihre größte W**i**dersacherin sei. Tatsächlich war Frau Kern überhaupt nicht mehr w**i**derspenstig. Nein, ihr Gesicht spiegelte Anerkennung w**i**der! Bis zum Jahresende wollte Viola es w**ie**der auf ein „Gut" bringen und ihre Freude an der Fremdsprache w**ie**derherstellen.

**70**
**1** Widerwillig gab Christopher zu, dass er uns angelogen hatte.
**2** Pfui, diese verschimmelte Erdbeere in der Lade ist ja **wid**erlich!
**3** Für die Umwelt ist die Wiederverwertung von Rohstoffen sehr wichtig.
**4** Die Vortragende startete die Wiedergabe des Filmclips.
**5** Kannst du mir das ausgeborgte Buch bitte morgen **wied**erbringen?
**6** Richie hat sich verändert. Du wirst ihn kaum wiedererkennen.
**7** Trotz seiner vielen **Wid**ersacher stellt sich der Kandidat der Wiederwahl.

**71**
**1** Diese widerliche Suppe werde ich nie wieder probieren.
**2** Ein Maß für die Länge ist Meter.
**3** Erik beobachtet konzentriert das Spiel.
**4** Diese Vase ist im chinesischen Stil bemalt.

**72**

| | | |
|---|---|---|
| **1** Altar | **4** Planeten | **7** Aktion |
| **2** Rivale | **5** Thron | **8** Vakuum |
| **3** Fete | **6** Humor | **9** reparieren |

**73**
**1** W**i**r setzen uns für das Klima und die W**ie**derverwertung von Rohstoffen ein.
**2** Bei der W**ie**derholung gab es v**ie**le V**ie**rer.
**3** Fr**üh**er s**ie**zten Kinder ihre Eltern, sie zu d**u**zen galt als unh**ö**flich.
**4** Ich finde d**ie**se Z**ie**ge s**eh**r s**ü**ß.
**5** Die L**eh**rerin ist meistens fr**öh**lich, aber heute verz**ieh**t sie keine M**ie**ne.
**6** Nach dem B**a**den im P**oo**l muss ich noch die H**aa**re f**öh**nen.

**74** *Lösungsvorschlag für deine Sätze:*
Vor der Operation bekommt der Patient eine **Narkose**.
Unsere Schule hat zwei kleine **Turnsäle**.
Wenn du das sagst, muss ich **widersprechen**.
Für deine Unterstützung bin ich wirklich **dankbar**.

**75**
**1** **Zum** Lernen habe ich jetzt aber wirklich keine Lust!
**2** **Fürs** Üben habe ich mir einen eigenen Stift gekauft.
**3** **Ein** heftiges Lachen bricht/brach aus Ivo heraus.
**4** Evas (**Ihr**) Kichern hatte ihn angesteckt.
**5** Es war wirklich **zum** Schreien komisch.
**6** Meine Schwester ist mit ihrer Freundin **beim** Shoppen.

**76**

**1** Wie lange brauchst du denn noch zum Abwaschen?
**2** Meine Katze genießt das Streicheln und schnurrt.
**3** Und ihr Haaren, stört dich das nicht?
**4** Naja, regelmäßiges Bürsten hilft.
**5** Ich habe beim Üben fast die Zeit vergessen.
**6** Lina findet dieses Lied zum Niederknien schön.
**7** Oh Mann, sein Nörgeln ist anstrengend.
**8** Bei der Prüfung geriet ich plötzlich ins Stocken.
**9** Lautes Lärmen und Spielen ist im Hof untersagt.

**77**

**1** Beim **L**aufen muss man auf die Technik achten, sonst **s**chmerzen die Knöchel.
**2** Ernesto mag **L**aufen und **L**esen, **S**chwimmen macht ihm weniger Spaß.
**3** Nach dem verpatzten Match war allen zum **H**eulen zumute.
**4** Meine Eltern lieben das **T**anzen. Sie **b**esuchen wieder einen Kurs.
**5** Echt? Darf ich ihnen beim **T**anzen einmal **z**uschauen? Ich möchte es auch **l**ernen!
**6** Ja, **k**omm zu uns und wir **t**anzen gemeinsam. Ich habe beim **Z**uschauen und **M**ittanzen schon viel **g**elernt.
**7** Ich habe jetzt keine Lust zum **R**eden, kann ich dich später **z**urückrufen?
**8** Sein **L**ügen finde ich nicht in Ordnung.
**9** Der Wollpullover ist durch das häufige **W**aschen verfilzt. Man sollte bei Wolle häufiges **W**aschen vermeiden. Wolle also bitte nicht zu oft **w**aschen.
**10** Ist ja gut. Nach diesem **W**iederholen habe ich es verstanden! ☺
**11** Es war dunkel und ich hörte ein fieses **K**ichern. Mir war gar nicht zum **L**achen!

**78**

**1** Philip geht jeden Samstag zum **Fußballspielen**. Dieser Sport macht ihm riesigen Spaß.
**2** Meine Mutter muss heute in der Nacht noch arbeiten gehen. Vorm **Arbeitengehen** essen wir immer gemeinsam zu Abend.
**3** In vielen Märchen geht es ums **Verlassenwerden**. Wenn Kinder verlassen werden, bestehen sie dann meistens ein Abenteuer und werden Helden.
**4** Ich möchte lieber mit dir **gemeinsam lernen**. Fürs Gemeinsamlernen kann ich mich leicht motivieren.

**79**

**1** Beim **S**chwimmen und **L**aufen ist Luisa voll motiviert.
**2** Lilos Hobbys sind **L**esen und **T**ennisspielen.
**3** Wir brauchen zum **K**ochen mehr Töpfe. Zu **k**ochen ist ganz schön viel Arbeit!
**4** Wir müssen noch **a**ufräumen und die **W**äsche **b**ügeln.
**5** Ich habe keine Lust aufs **A**ufräumen, kannst du das nicht **a**lleine **m**achen?
**6** Meine Schwester geht gerne **r**eiten, aber sie hat ein bisschen Angst vorm **S**türzen.
**7** Miro konnte mit sechs Jahren schon **l**esen, jetzt mag er das **L**esen immer noch.

**80**

1 Kannst du mir bitte etwas Süßes aus der Lade mitbringen?
2 Ich habe heute viel Neues gelernt.
3 In dem Museum gibt es einiges Altes und Wertvolles zu bestaunen.
4 Mit ihrer Bemerkung traf Alina genau ins Schwarze.
5 Der Neue in der Klasse ist noch recht still.
6 Ich liebe das Unberechenbare an meiner Katze.
7 Dieses Rot ist aber schon sehr auffällig!
8 Die Uniformen der Müllabfuhr sind in leuchtendem Orange gehalten.

**81**

1 Die **u**nbekannte Täterin flüchtete mit einem Fahrrad.
2 Dieser Weg ist am **s**teilsten, er ist nur für die **G**eübtesten begehbar.
3 Mein Kater ist das **l**iebste Tier, das ich kenne.
4 Tim und Tom waren sich nicht darüber im **K**laren, dass sie in Gefahr waren.
5 Tim und Tom, ist euch **k**lar, dass das gefährlich ist?
6 Mein kleiner Bruder liebt grelles **P**ink.
7 Mag er auch seine **p**inke Kleidung?
8 Von allen in der Gruppe singt Daria am **b**esten.
9 Sie ist die **b**este Sängerin in der Klasse.
10 Das neueste Lied der Band trägt den Titel „Du bist das **B**este, das mir je passiert ist."

**82**

1 Lina erkennt man am Lachen. Sie lacht von allen am lautesten.
2 Mir gefällt dieser Song am besten. Das ist der beste Song.

**83**

Petar und ich warten **seit Langem** auf eine Nachricht von Tufan. **Vor Kurzem** noch hat er geschworen, dass wir gemeinsam **durch dick und dünn** gehen würden. Wir wollten Freunde **auf ewig** sein. Tufan, Petar und ich kennen uns **von klein auf**. **Von Nahem** sehen wir aus wie Drillinge, dabei kommen wir drei **von nah und fern**. Tufans Eltern stammen aus Syrien, Petars Eltern aus Montenegro, meine Mutter aus Tschechien und mein Vater aus Deutschland. Doch das sind **bei Weitem** noch nicht alle Unterschiede zwischen uns. Trotz aller Streitigkeiten bekräftigen wir immer wieder **von Neuem** unsere Freundschaft.

**84**

1 Danke, du hast heute beim Match **H**erausragendes geleistet!
2 Was ist denn so speziell an dem **n**euen Fahrrad? – Das **G**eniale ist, dass man den Lenker stufenlos umstellen kann.
3 OMG, das soll **g**ut aussehen? Das einzig **G**ute ist, dass du das Foto noch nicht auf die Schulwebsite gestellt hast!
4 Schau mal, das sind unsere **r**oten Dressen. – Wow! Dieses **R**ot sieht echt toll aus!
5 Jetzt habe ich dich doch glatt verwechselt! Von **f**ern siehst du aus wie dein Bruder, aber von **N**ahem/**n**ahem natürlich überhaupt nicht mehr.
6 Das war bei **W**eitem/**w**eitem der **b**este Film, den ich seit **L**angem/**l**angem gesehen habe. Am **b**esten spielte die Nebendarstellerin.
7 Wir überlegten uns allerlei **S**paßiges für den Wettbewerb.

**85**

1 Mein Kater will **morgens** immer ein paar Streicheleinheiten.
2 Kommst du mich am **Freitag** besuchen? …
3 Jeden **Sonntagvormittag** geht meine Tante zum katholischen Gottesdienst.
4 Manchmal vergesse ich **montags** in der Früh, dass das Wochenende vorbei ist.
5 Nach langer Wanderschaft kam der Bursch eines **Morgens** in ein Dorf.
6 Der Trainer lud uns zu **Mittag** zum Essen ein.
7 Er lebt ganz im **Jetzt** und denkt nicht an das **Morgen**.

**86**

Jeden **Morgen** geht Herr Braun mit seinem Dackel Brownie spazieren. Als er **gestern**, am **Dienstagmorgen**, seine Runde drehte, fühlte sich Brownie wie immer wohl. Er machte sich keine Sorgen und war ganz im **Jetzt**. Glücklich und froh trabte er seine Schnüffelspuren entlang und dachte nicht ans **Morgen**. Auch das **Gestern** war ihm egal. Er wusste, dass er **täglich** sein Fressen und **abends** sein Körbchen hatte.

**87**

1 Du musst die Salbe **t**äglich **a**bends und **m**orgens auftragen.
2 Mein Vater muss schon sehr **f**rüh aufstehen.
3 Ich bin in der **F**rüh meistens eher schlecht gelaunt.
4 Wir waren **v**orgestern **A**bend im Kino.

**88**

Am Montagmorgen mussten die Hexenschülerinnen und -schüler schon um 10 Uhr aufstehen, damit sie zu Mittag pünktlich in der Schule waren. Denn montags war die erste Einheit immer Kochen. Nachdem sie das Mittagessen herbeigehext und gegessen hatten, stand am Montagnachmittag Hausarbeit am Programm. Da wurden Haushaltsgeräte erfunden und bewegt, bis zum späten Abend. Die Schülerinnen und Schüler mussten nachts die wilden Tiere im Wald füttern und durften erst am frühen Morgen nach Hause fliegen. Dafür hatten sie jeden Dienstag frei und mussten mittwochs im Homeschooling von früh bis spät Arbeitsblätter ausfüllen.

**89**

1 Bei der Demonstration waren **T**ausende/**t**ausende Menschen anwesend.
2 Die **m**eisten verhielten sich friedlich.
3 Transparente hatten auch **v**iele dabei und es wurden **H**underte/**h**underte Flugblätter verteilt.
4 Gab es auch Ansprachen? Ja, **e**inige.
5 Der Sieger entschied mit einer **h**undertstel **S**ekunde/einer **H**undertstelsekunde Vorsprung das Rennen für sich.
6 Du brauchst für den Kuchen auch einen **a**chtel **L**iter/einen **A**chtelliter Kirschsaft.
7 Dass du dagegen bist, das ist das **e**ine, das **a**ndere ist, dass uns keine Wahl bleibt.
8 Wo sind denn die anderen? Ich sehe nur so **w**enige!
9 Lina und Lutz! Wo sind denn die **b**eiden?

**90**

Vor unserer Fahrradtour trafen wir uns Dutzende Male. Es gab vieles zu bedenken: Welche Route wählen wir, was mussten wir alles einpacken? Die Tour sollte für jede und jeden interessant, für keine und keinen zu leicht, aber auch für niemanden zu schwierig sein. Außerdem wollten wir uns entlang des Weges einiges anschauen, damit wir danach vor den anderen auch angeben konnten ☺. Weil es sehr heiß war, packte ich einige große Flaschen Wasser in die Satteltaschen. Die beiden waren mit Essen, Regenausrüstung und dem Wasser rasch gefüllt. Ich hatte aber noch anderes, was ich mitnehmen wollte!

**91** Liebe Schülerinnen und Schüler der Klassen 3A und 3B,
für das bevorstehende Schulfest brauchen wir **eure** Klassenräume. Bitte räumt alles, was **euch** persönlich gehört, aus euren Bankfächern. Was Platz hat, könnt **ihr** in den Kästen oder den Spinden versperren. Den Wandschmuck könnt **ihr** belassen. Denkt aber daran, dass **ihr** selbst darauf achten müsst, dass die Gäste **eure** Poster nicht herunterreißen oder beschädigen. Ich danke **euch** sehr für **euer** Verständnis und **eure** Mithilfe!
Liebe Eltern, wir bitten **Sie** und **Ihre** Kinder um Unterstützung: Bitte helfen **Sie Ihren** Kindern beim sicheren Verstauen **ihrer** Schulsachen. Ich danke **Ihnen**,
Rosa Bauer-Öztürk, Direktorin

**92**

**1** Liebe Lina, wie geht es dir?
**2** Sehr geehrte Frau Kasparov, wie geht es **I**hnen? Ich habe mich sehr über **I**hr E-Mail gefreut und möchte **I**hnen mitteilen, dass ich **I**hr Angebot annehme.
**3** Wo habt **i**hr eure Fahrräder abgestellt?
**4** Sag mal, wieso haben **d**eine Freundinnen ihre Sachen hiergelassen?
**5** Tom, wo hast **d**u **d**eine Trainingssachen? Ich gebe **e**ure Wäsche jetzt in die Waschmaschine!
**6** Hi Reza, ich möchte **d**ich fragen, ob du mir **d**eine Kaninchen zeigen kannst. Ich bekomme vielleicht auch welche und wäre froh über **d**eine Tipps. – LG Tina
**7** Aufgrund des erhöhten Verkehrsaufkommens bitte wir **S**ie, den Stau großräumig zu umfahren. Ansonsten müssen **S**ie mit bis zu 45 Minuten Wartezeit rechnen.
**8** Frau Markovic, hier spricht **I**hre Babysitterin. Wo haben denn **I**hre Töchter **i**hre Pyjamas? Wir finden **s**ie nicht, können **S**ie uns helfen?
**9** Bitte gestatten **S**ie **I**hren Kindern das Radfahren im Hof nicht!

**93** Lieber Omar,
ich berichte dir kurz vom Ausflug heute, dabei kann ich gleich die Anreden üben ☺. Die Museumsführerin hat uns nämlich gesiezt ☺! Wenn wir ihr zu laut wurden, hat sie gerufen: „Ich bitte Sie um Ihre Aufmerksamkeit. Hier sehen Sie nämlich etwas ganz Besonderes. Das ist einer unserer Schätze!" OMG – du kannst dir vorstellen, dass wir uns ein bisschen komisch vorkamen. Andererseits fand ich es gar nicht so schlecht. Beim Abschlussfoto meinte sie: „Wir platzieren uns hier auf unserer Feststiege, sie ist im barocken Stil gestaltet und bekannt wegen ihrer wertvollen Vergoldungen. Bitte achten Sie auf Ihre Taschen, damit Sie nichts beschädigen."
Okay, den Gefallen haben wir ihr getan! Bist du morgen wieder in der Schule?
LG Ina

**94**

**1** Ich habe beim **Lesen** die Zeit vergessen. Das ist das **spannendste** Buch, das ich bis jetzt kenne. – Was ist denn das **Spannende** daran?
**2** Bei der Unfallstelle versammelten sich **zahlreiche** Schaulustige, um den Kranführer beim Herausheben des beschädigten Schiffes aus dem Wasser zu beobachten.
**3** Wir treffen uns morgen in der **Früh** zum Wandern. – Ui, aber bitte nicht zu **früh**, ich bin keine Frühaufsteherin.
**4** Wir suchten **viele** Pilze, fanden aber nur **wenige**.
**5** Bring bitte einen **Viertelliter** Schlagobers mit.
**6** Kommst du am **Mittwochabend** oder doch erst am **Donnerstag** am Morgen?

**95** Harry erstarrte. Er wusste, dass Hagrid ihm nie absichtlich etwas Gefährliches schicken würde, allerdings hatte der Wildhüter seine eigenen Auffassungen von dem, was gefährlich war. [...] Aus dem Innern kam erneut ein lautes Schnappen. Er nahm die Lampe vom Nachttisch, packte sie fest mit der einen Hand und hob sie über den Kopf, bereit zum Zuschlagen. Dann nahm er das restliche Packpapier in die Hand und riss es herunter. Und heraus fiel – ein Buch. [...] Geräuschvoll fiel das Buch vom Bett und schlurfte rasch durch das Zimmer. Harry folgte ihm vorsichtig. Das Buch versteckte sich im Dunkeln unter seinem Schreibtisch. Harry flehte zum Himmel, dass die Dursleys noch tief schlafen mochten, ließ sich auf die Knie nieder und streckte die Hand nach dem Buch aus [...] Harry wirbelte herum, warf sich mit einem Sprung auf das Buch und presste es flach auf den Boden. Im Zimmer nebenan ließ Onkel Vernon ein lautes, schlaftrunkenes Grunzen hören. Hedwig und Errol beobachteten interessiert, wie Harry das widerspenstige Buch fest unter den Arm klemmte, zur Kommode hinüberstürzte, einen Gürtel herauszog und ihn stramm um das Buch schnürte. Das Monsterbuch zitterte zornig, doch es konnte jetzt nicht mehr klappen und schnappen.

J. K. Rowling: Harry Potter und der Gefangene von Askaban. Hamburg : Carlsen Verlag GmbH 2017, S. 9

**96**

1 Elena ist die schnellste Läuferin von uns allen, sie ist einfach die Beste.
2 Sie trainiert schon seit langem und ist eine der wenigen, die man auch bei Bewerben nicht nervös machen kann.
3 Alles Hektische liegt ihr fern. Sie ist gut beim Konzentrieren und beim Einteilen ihrer Kraft.
4 Zu den Wettkämpfen kommen Freundinnen und Freunde von nah und fern, die meisten kennt sie schon von klein auf, aber nicht alle.
5 Auch heute in der Früh hat sie fleißig trainiert. Sie steht gerne früh auf.
6 Am Mittwochabend treffen wir uns und gehen gemeinsam zum Schwimmen.
7 Ich kann schneller schwimmen als Elena, nicht viel, aber doch mehr als nur eine Hundertstelsekunde. ☺
8 Bei der vorigen Siegerehrung meinte der Preisrichter: „Fräulein Elena, erlauben Sie, dass ich Ihnen Ihre Medaille überreiche!" – Von uns fanden das einige übertrieben, aber Elena freute sich, dass ihre Leistung so wertgeschätzt wurde.

**Lösungswort: WIRKLICH FABELHAFT!**

**97**

1 Kannst du bitte kurz etwas einkaufen gehen?
2 Bei dem Witz habe ich lachen müssen.
3 Sie durften sich dabei nicht erwischen lassen.
4 Kannst du mich bitte auch mal reden lassen?
5 Wie lange seid ihr denn gestern im Wald wandern gegangen?
6 Schau, das habe ich zum Geburtstag geschenkt bekommen!
7 Wo ist bloß mein Mathebuch verloren gegangen?
8 Der gesuchte Verbrecher wurde gefangen genommen.
9 Ich habe das leider nicht verhindern können.
10 Komm, lass uns noch im See baden gehen!
11 Diese Wörter musst du getrennt schreiben.
12 Sabrina möchte heute Nachmittag noch klettern üben.
13 Pjotr ist noch ziemlich müde, er möchte noch etwas liegen bleiben.

**98** klettern üben; schätzen lernen; gefangen genommen; klettern geübt; verloren gegangen

**99**

| | | |
|---|---|---|
| Rad | **fahren** | Tim liebt das Radfahren. |
| Geschirr | **abwaschen** | Ich muss heute Geschirr abwaschen. |
| Tee | **trinken** | Willst du eine Tasse Tee trinken? |
| Maß | **nehmen** | Vor dem Nähen muss man Maß nehmen. |
| Zeitung | **lesen** | Man kann auch online die Zeitung lesen. |
| Snowboard | **fahren** | Ben übt gerade das Snowbaordfahren. |
| Gitarre | **spielen** | Linus kann schon gut Gitarre spielen. |
| Musik | **hören** | Lass uns Musik hören! |

**100**
**1** Diät halten
**2** Das Diäthalten
**3** das Abstandhalten
**4** beim Walzertanzen
**5** Auto fahren
**6** keine Angst haben
**7** Alarm schlagen; Feuer gefangen
**8** beim Musikhören

**101** Zeile 2: das Radfahren; Zeile 7: Schlange stehen; Zeile 8: Musik hören

**102**
**1** Khalid gibt das Geheimnis nicht preis.
**2** Mit betrügerischen E-Mails werden immer wieder Leute irregeführt.
**3** Wird die Brücke der Last standhalten?
**4** Im Winter fahre ich gerne Schi und ich laufe gerne eis.
**5** Wann findet denn deine Party statt?
**6** Alle wollten an dem Ausflug teilnehmen.
**7** Hat die Versammlung schon stattgefunden?

**103**
**1** Achtung, der Stuhl bricht. Er kann dem Gewicht nicht standhalten.
**2** Meine kleine Schwester geht nachts öfter schlafwandeln.
**3** Wir gehen Rad fahren. Kommst du mit?
**4** Beim Musikhören vergesse ich immer die Zeit.
**5** Ich will noch nicht heimfahren! Ich will Spaß haben.
**6** Hast du alles eingepackt, was du zum Schifahren brauchst?
**7** Ich kann leider am Ausflug nicht teilnehmen.
**8** Er ist so im Stress. Er steht kopf.
**9** Pass auf, dass die Bilder beim Speichern nicht auf dem Kopf stehen.
**10** Achtung! Hier müssen wir Abstand halten.
**11** Ich habe jetzt keine Lust aufs Klavierspielen.
**12** Lola singt mit Leidenschaft beim Geschirrabwaschen.
**13** Findet das Rennen auch bei Schlechtwetter statt?
**14** Ich weiß nicht, ob es dann stattfinden wird.

**104**
**1** Die Soldaten müssen vor dem Palast wachen und dürfen dabei die Touristen nicht freundlich anlachen/anlächeln.
**2** In den Ferien kann ich lange schlafen.
**3** Mein Bruder kann wirklich gut kochen.
**4** Du sollst nicht so schnell laufen! Ich komme nicht nach!
**5** Mein Papa singt laut in der Dusche, er liebt das. Wir nicht. ☺

**105**
**1** festgenommen
**2** schwergefallen
**3** lahmgelegt
**4** gutgeschrieben
**5** stilllegen
**6** schwarzmalen
**7** schwarzgefahren

**106**
**1** Ich will das nicht grün, sondern schwarz malen.
**2** Ich will nicht schwarzfahren, das finde ich uncool.
**3** Die Übung wird Sanel nicht schwerfallen.
**4** Schau wenig auf deine Notizen. Du sollst frei sprechen.
**5** Ich kann leider nicht gut kochen.
**6** Können Sie mir den Betrag bitte gutschreiben?
**7** Du musst die Enden des Seils fest nehmen, sonst rutschen sie davon.
**8** Die Spezialeinheit will die Täter festnehmen.

**107**
Zeile 1: schwe**rg**efallen; Zeile 3: hübsc**h** **m**achen; Zeile 7: gu**t** **g**ehen

**108**
**1** Diese Regeln sind allgemein gültig/allgemeingültig.
**2** Kannst du bitte leicht verdauliche/leichtverdauliche Speisen kochen?
**3** Rohe Gurken gelten als besonders schwer verdaulich.
**4** Autsch! Das Wasser aus der Leitung ist kochend heiß!
**5** Ja, und in den Duschen ist es eisig kalt! Brrr!
**6** Schau mal! Mit der neuen Handykamera sind die Bilder gestochen scharf.
**7** Hm, ich bin mir einfach nicht sicher. Ich sehe das Ganze zwiespältig.

**109**
**1** Am Tag des Rennens schien die Sonne brennend heiß vom Himmel.
**2** Ich bin herzlich froh, dass alles gut ausgegangen ist.
**3** Bei diesem nasskalten Wetter will niemand nach draußen.
**4** Vor dem Referat war ich schrecklich nervös.
**5** Oh nein! Ich glaube, ich habe dein Handy kaputt gemacht/kaputtgemacht.
**6** Bringst du bitte lauwarmes Wasser zum Saubermachen?
**7** Jetzt mach nicht so eine bitterböse Miene!
**8** Ich bin aber rasend wütend!
**9** Dieses Gebiet war schon in der Antike dicht besiedelt/dichtbesiedelt.
**10** Kannst du diese Gebrauchsanleitung entziffern? Ich finde sie sehr schwer verständlich.
**11** Was ist daran schwer verständlich/schwerverständlich? Man muss nicht super schlau/superschlau sein, um das zu verstehen.

**110**
1 Lass uns doch am See rudern gehen.
2 Willst du beim Fußballspielen mitmachen?
3 Im Winter gehe ich oft eislaufen.
4 Wenn Timo heuer sitzenbleibt, muss er in eine andere Klasse.

**111** Wenn irgendetwas den Sieg der Gryffindoors **endgültig besiegelte**, dann dies. Ron, der sich zu Harry durchgekämpft hatte, krümmte sich vor Lachen, während sie Malfoy zusahen, wie er sich aus seinem Umhang, in dem immer noch Goyles Kopf steckte, **freizustrampeln** versuchte. „Komm mit, Harry!", sagte George, der sich ebenfalls durchgedrängelt hatte. „Fete ist angesagt! Jetzt gleich im Gemeinschaftsraum!"
„Gut!", sagte Harry, der sich seit Ewigkeiten nicht mehr so **glücklich gefühlt** hatte. Er ging mit den anderen Spielern, immer noch in den **scharlachroten** Umhängen, voran, aus dem Stadion hinaus und zurück ins Schloss. [...] Nur eine nahm nicht an den Festlichkeiten **teil**. Hermine, es war nicht zu fassen, saß tatsächlich in einer Ecke und versuchte [...] zu lesen. Harry löste sich von dem Tisch [...] und ging zu ihr hinüber. „Warst du wenigstens beim Spiel?", fragte er sie. „Natürlich", sagte Hermine, ohne aufzusehen, mit **merkwürdig hoher** Stimme. „Und ich bin sehr froh, dass wir gewonnen haben, und du warst **wirklich gut**, aber ich muss das hier bis Montag gelesen haben."
„Komm schon, Hermine, iss doch wenigstens etwas", sagte Harry, blickte hinüber zu Ron und fragte sich, ob der so **gut gelaunt** war, dass er das Kriegsbeil begraben würde.

J. K. Rowling: Harry Potter und der Gefangene von Askaban. Hamburg : Carlsen Verlag GmbH 2017, S. 200

**112** **Bald wird mir vom Rechtschreibenüben der Kopf rauchen!**
1 Geübte Turnerinnen und Turner können mehrere Minuten auf dem **Kopf** stehen.
2 Das Fest kann leider nicht stattfinden.
3 Das hat mir wirklich **leidgetan**, ich wollte dich nicht kränken!
4 Das E-**Gitarrespielen** gehört zu Johannes' größten Hobbys.
5 Mia kann keinen Kopfstand, aber sie kann super Rad schlagen.
6 Beim **Rechtschreibenüben** brauche ich stets viel Zeit und Ruhe.
7 Ich werde nie Zigaretten **rauchen**, ich finde den Geruch eklig.

**113**
1 Heute war ich in der Schule**,** beim Gesangunterricht und bei meiner Freundin.
2 Die Startnummern eins**,** zwei**,** drei und vier bitte nach vorne kommen!
3 Das sind schöne und erfreuliche**,** aber sehr überraschende Neuigkeiten.
4 Der Sänger johlte**,** jaulte**,** schrie und hüpfte.
5 Irinas Adresse ist Krumbachstraße 9**,** Stiege 2**,** 3. Stock**,** Tür 12.
6 Selim fand unseren Streich weder witzig noch klug.
7 Leons Schuss war nicht nur super**,** sondern hervorragend.
8 Das sind unsere neu gestalteten Fußballdressen.
9 Wir aßen erfrischend kühle**,** samtige Pfirsiche.

**114**
1 Danke für eure Hilfe, liebe Freunde!
2 Huch, ich habe dich gar nicht kommen sehen!
3 Nein, Timo, das will ich auf gar keinen Fall!
4 Sehr geehrte Damen und Herren, ich wende mich mit einer Frage an Sie.
5 Schau, Nilay, dort drüben steht Amar!
6 Stopp, ich will sofort aussteigen!

**115**
1 Wir haben Eier, Mehl und Zucker, aber keine Kuchenform.
2 Achtung, hier ist eine Einbahn!
3 Vorsicht, Ella, die Tasse ist sehr heiß!
4 Liebe Lena, kommst du morgen mit?
5 Nilay, Amar, Stella und Kira werden auch da sein.
6 Sollen wir uns sowohl morgen als auch übermorgen treffen?
7 Hm, ich habe nur entweder morgen oder übermorgen Zeit.
8 Tim ist nicht groß, doch sehr durchsetzungsfähig.

**116**
1 Lina und Tom sind müde, denn sie waren lange wandern.
2 Das T-Shirt ist alt, trotzdem ziehe ich es am liebsten an.
3 Erkan hatte verschlafen, deshalb kam er zu spät zum Unterricht.
4 Meine Katze ist wirklich nicht sehr schön, doch ich liebe sie über alles.

**117**
1 Der Hund wartet draußen, während wir einkaufen gehen.
2 Tom und Lina sind müde, weil sie lange wandern waren.
3 Nimm doch bitte Eis mit, falls du bei einem Eissalon vorbeikommst.
4 Du musst hier drücken, damit sich der Verschluss öffnet.
5 Damit sich der Verschluss öffnet, musst du hier drücken.

**118**
1 Wir feierten ausgelassen, weil wir gewonnen hatten.
2 Wir hatten gewonnen, doch die Verletzung des Tormanns trübte die Stimmung.
3 Heute ist es extrem heiß, deswegen gehen wir schwimmen.
4 Die Kühe trotteten langsam in den Stall, als die Sonne unterging.
5 Während ich fleißig übe, macht mein kleiner Bruder einen Höllenlärm.
6 Wir hatten erst Mathe, dann hatten wir Deutsch und in der letzten Stunde war Turnen.

**119**
Lieber Umar,
es tut mir sehr leid, dass ich dich beleidigt habe. Ich wollte nicht gemein sein, denn ich finde dich sehr nett. Ich mag dich, weil du immer fair bist. Ich hatte heute einen Streit mit meiner Mutter, dann musste ich aber schon schnell zum Bus laufen, trotzdem kam ich zu spät, sodass die Schule auch noch meine Mutter angerufen hat, weil das schon öfter vorgekommen ist. Ich war also sehr gestresst, deswegen habe ich dich in der Pause so angefahren. Ich würde mich wirklich freuen, wenn du nicht mehr sauer bist. Sorry nochmal! Noah

**120**

1 Der Komet, ein zarter Lichtschein am Horizont, heißt Neowise.
2 Das ist etwas, das mich sehr freut!
3 Die Kinder, die zum Training fahren, nehmen den Bus.
4 Der Klimaschutz, ein wichtiges Thema, geht uns alle an.
5 Das war eines der besten Matches, die wir je gespielt haben!

**121**

1 Manpreets Vater, ein eher strenger Mann, war überraschend freundlich.
2 Diese Klasse, eine eingeschworene Gemeinschaft, hat das Fest organisiert.
3 Dr. Prantner, der Leiter der Abteilung, führte uns durch die Räume.
4 Der alte Mann, ein pensionierter Feuerwehrmann, rettete die Katze.
5 Unser Hund, ein kleiner Witzbold, schnappte sich die neuen Schuhe.
6 Diesen Brief hat Karim, unser Klassensprecher, an die Direktorin geschickt.

**122**

1 Wo sind denn die Erdbeeren, die wir gepflückt haben?
2 Das ist der Film, welchen die Kritikerinnen und Kritiker so gelobt haben.
3 Ist es wirklich das Spiel, das du willst?
4 Timo kann endlich den Star treffen, den er schon so lange bewundert.
5 Mirka sucht die Tasche, die sie im Spind eingesperrt hatte.
6 Hast du dir schon das Kostüm ausgesucht, das du zum Fest anziehen wirst?

**123**

Mein großer Bruder, ein Tierfreund, und ich gingen gemeinsam in die Tierhandlung, die gerade neu eröffnet worden war. Ein Verkäufer, ein sehr junger Mann, kam auf uns zu und fragte nach unseren Wünschen. „Das große Aquarium, das dort in der Ecke steht, wie viel kostet das?", fragte mein Bruder. Der Verkäufer nannte einen Preis, den wir uns unmöglich leisten konnten. Doch mein Bruder, wie üblich ein ziemliches Großmaul, wollte das nicht zugeben. „Und die bunten Fische, die hier oben ausgestellt sind, wie viel kosten die?", wollte er wissen.
Der junge Verkäufer, ebenfalls etwas frech, grinste ihn an und meinte: „Das sind die Porsches unter den Salzwasserfischen, die ohnehin nicht einfach zu halten sind. Dazu braucht man ein Salzwasseraquarium, das spezielle Messgeräte benötigt. Vielleicht kauft ihr euch einfach Schaufeln?" Ich hatte eine böse Ahnung, die sich bestätigte. – „Warum?", fragte mein Bruder, der Blitzgneißer, doch tatsächlich. – „Dann könnt ihr euch einen Teich buddeln!", grinste der Frechdachs.

**124**

1 „Das habe ich nicht gewusst", meinte Richi.
2 „Lass das bitte bleiben!", rief meine Mutter.
3 „Bist du dir ganz sicher?", fragte der Polizist.

**125**

Pharao Artaxerxes tobte vor Wut. Seit beinahe drei Wochen hielt man ihn hier in seinem eigenen Palast gefangen. […] „Wo ist die Palastwache?", wollte er plötzlich wissen. –
„Es gibt sie nicht mehr, Göttlicher! Die Griechen haben sie entwaffnet." – „Die Griechen, die Griechen, die Griechen!", höhnte der Pharao. „Seit Wochen höre ich nur die Griechen hier, die Griechen da. In meinem eigenen Palast bin ich ein Gefangener. Hat auch nur ein Soldat versucht, mich zu befreien? […] Los, antworte mir, Pindar!" –„Göttlicher Pharao! Beruhige dich." Er sammelte sich ein wenig und trat dann auf den jungen Herrscher zu. „Alexander hat die ganze Armee entwaffnet und …" – „Entwaffnet?", fragte der Pharao verblüfft. „Jawohl, Artaxerxes, entwaffnet.

[...] Das ganze Land liegt nun in der Hand der Griechen, und wir alle tun gut daran, uns gut mit ihnen zu stellen. Nur so können uns die Götter beistehen." Die Miene des Pharao wechselte von Überraschung wieder hin zu mühsam unterdrückter Wut [...]. „Dieses Land habe ich einst erobert", begann der Pharao, und er knirschte mit den Zähnen. [...] „Göttlicher Pharao", begann Pindar zu sprechen und während er das tat, trat er noch näher auf ihn zu, „Alexander ist der Herr und er hat Ägypten im Handstreich genommen. Vergiss das nicht. Lass uns klug sein."

Roland Mueller: Der Kundschafter des Königs. Auf den Spuren Alexanders des Großen. München: cbj-Verlag 2005, S. 160ff.

**126** **Lösungsvorschlag für deine indirekten Fragesätze:**

Ich möchte gerne wissen, ob du auf Urlaub warst.
Kannst du mir bitte sagen, warum/wieso du mir keine Nachricht und keine Fotos geschickt hast.
Wo du auf Urlaub warst, das würde mich interessieren.
Was du dort gemacht hast, das kannst du mir doch sicher auch erzählen.
Ich frage mich, mit wem du dort warst.
Ich stelle mir die Frage, ob es dir gefallen hat.

**127**

**1** Umar erzählt: „Ich war bei meiner Oma in der Türkei."
**2** Ob seine Oma am Meer wohne, will Ina wissen./Ina will wissen, ob seine Oma ...
**3** „Meine Oma wohnt nicht am Meer, sondern im Landesteil Yozgat", berichtet Umar./Umar berichtet: „Meine Oma ..."
**4** „Ist das nahe bei Ankara oder Istanbul?", fragt Radko./Radko fragt; „Ist das nahe ...?"

**128** Als der Staub sich ein wenig legte und gerade eine Lücke zu sehen war, lief er los. Kallimachos und Dareg folgten ihm. „Was hast du vor, Onkel?", rief Kallimachos(,) und Euphiletos lachte nur. „Kommt mit!", rief er noch einmal. Sie eilten alle zurück zu ihrem Lagerplatz. [...] Beide Männer griffen nach ihren Waffen, Kallimachos stülpte sich noch schnell seinen Helm über. Seine Beinschienen ließ er liegen, nur sein Schwert nahm er mit. Euphiletos wuchtete den schweren Schild auf seine linke Schulter. [...] Dann schritt er den Weg entlang, den sie gerade gekommen waren. Auf dem Hauptweg, der quer durch das Lager führte, blieb er stehen und rief [...]:

„Griechen, zu mir! Phalanx! Phalanx!" Kallimachos war der Erste, der sich neben seinen Onkel stellte. [...] Inmitten all dem Lärm und Getümmel eilten plötzlich Hopliten heran. Darek staunte, als er sie beobachtete. Es waren viele Gefährten darunter, die Darek schon seit Jahren kannte: Acheron und Vergil, Freunde aus seinem Nachbardorf, Ageilaos, einziger Sohn einer Witwe, benannt nach einem spartanischen König. [...] Diese und weitere Männer dienten seit ihrem Aufbruch aus Griechenland in Alexanders Heer und sie alle sammelten sich jetzt um Euphiletos und seinen Neffen. Manche kamen barfuß, andere bis auf einen Lendenschutz nackt. Eben so, wie sie den persischen Reitern gerade noch entkommen waren. Aber alle waren mit Schild und Sarissen bewaffnet, die meisten trugen auch ihr Schwert. Kurz darauf stand eine kleine Phalanx von 30 Kriegern unter Euphilestos Kommando.

„Phalanx, geht!", rief er laut(,) und sie setzten sich in Bewegung. Und noch während sie das taten, wurde die Gruppe größer.

Roland Mueller: Der Kundschafter des Königs. Auf den Spuren Alexanders des Großen. München: cbj-Verlag 2005, S. 256f.

129 **Energie – Gewusst wie!**

Lass Waschmaschine und Geschirrspüler lieber nachts laufen und Handys nachts laden. Am späten Nachmittag und frühen Abend verbrauchen wir insgesamt den meisten Strom, wenn nach Feierabend die Fernseher laufen und das Essen auf dem Elektroherd steht. Wenn der Ökostrom nicht reicht, wird bisweilen mit Strom aus Kohle und Atom zugefüttert, selbst wenn du Ökostrom gekauft hast. Haare trocken auch an der Luft, den Stromfresser Föhn kannst du dir sparen.

Übrigens verbraucht auch das Internet Strom und verursacht dabei in etwa so viel $CO_2$-Ausstoß wie der weltweite Flugverkehr. Wenn du nur eine Sekunde lang googelst, wird so viel $CO_2$ freigesetzt, dass 23 Bäume nötig sind, um die Emissionen wieder zu binden. Und es verbraucht sogar Strom, wenn du gerade gar nicht im Internet bist. Denn alles, was du online, also auf den Servern und nicht auf der eigenen Festplatte gespeichert hast, braucht Energie. Du kannst daher Strom sparen, indem du das Internet weniger nutzt und ein Buch liest, statt einen Film zu streamen oder tatsächlich – ganz 90er! – in einem Lexikon blätterst oder einen Menschen fragst statt Google. Bis zu 10 Gramm $CO_2$-Ausstoß verursacht eine Suchanfrage bei Google. Bei mindestens 63 000 Suchanfragen pro Sekunde kommt da einiges zusammen. […]

**Lass die Muskeln spielen**

Viele Haushalts- und Gartenhelfer gibt es auch als stromlose Alternative. Statt eines elektrischen Rührgeräts nutze einfach Schneebesen, Quirl oder Löffel. Statt eines Laubbläsers nimmst du Harke oder Besen, auch Rasenmäher gibt es als stromlose Variante. Das ist zwar anstrengender, bringt aber Kraft in die Oberarme. Und wenn du die Treppe benutzt, statt den Fahrstuhl, tust du auch noch was für deine Beinmuskeln.

Anja Reumschüssel: Carlsen Klartext: Klima- und Umweltschutz. Hamburg: Carlsen Verlag 2020, S. 148f.

130 „Wer von Ihnen kann mir sagen, wie man einen Werwolf von einem richtigen Wolf unterscheidet?", fragte Snape. Alle saßen sie reglos und schweigend da; alle außer Hermine, deren Hand wie so oft nach oben geschnellt war. „Keiner?", sagt Snape, ohne Hermine eines Blickes zu würdigen. Wieder setzte er sein schiefes Lächeln auf. […] „Schön, schön, schön, ich hätte nie gedacht, dass ich einmal auf eine dritte Klasse stoßen würde, die nicht mal einen Werwolf erkennt, wenn sie einem gegenübersteht. Ich werde Professor Dumbledore ausdrücklich davon in Kenntnis setzen, wie weit Sie hinterher sind …" „Bitte, Sir", sagte Hermine, die Hand immer noch nach oben gestreckt, „der Werwolf ist vom echten Wolf durch mehrere kleine Merkmale zu unterscheiden. Die Schnauze des Werwolfs –" „Das ist das zweite Mal, dass Sie einfach reinreden, Miss Granger", sagt Snape kühl. „Noch einmal fünf Punkte Abzug für Gryffindor, weil Sie eine unerträgliche Alleswisserin sind." Hermine wurde puterrot, ließ die Hand sinken und starrte mit wässrigen Augen zu Boden. Wie sehr sie alle Snape hassten, erwies sich jetzt, als die ganze Klasse ihn mit zornfunkelnden Augen anstarrte, obwohl jeder von ihnen Hermine irgendwann einmal eine Alleswisserin genannt hatte, und Ron, der Hermine mindestens zweimal die Woche so nannte, sagte laut: „Sie haben uns eine Frage gestellt und sie weiß die Antwort! Warum fragen Sie eigentlich, wenn Sie es doch nicht wissen wollen?" Noch während Ron sprach, erkannte die Klasse, dass er zu weit gegangen war. Snape ging langsam auf Ron zu und ringsum hielten sie den Atem an. „Strafarbeit, Weasley", sagte Snape. […]. „Wenn ich noch einmal höre, dass Sie meine Unterrichtsweise kritisieren, dann wird Ihnen das wirklich leidtun." Während der restlichen Stunde machte keiner einen Mucks. Sie saßen da und schrieben […], während Snape die Arbeiten prüfte, die sie bei Professor Lupin geschrieben hatten.

J. K. Rowling: Harry Potter und der Gefangene von Askaban. Hamburg : Carlsen Verlag GmbH 2017, S. 129f.

**131** **Klüger kühlen und kochen**

Stelle den Kühlschrank an einem kühlen Ort auf und rücke ihn etwas von der Wand ab, damit warme Luft entweichen und der Rückkühler gut arbeiten kann. Die Tür immer nur kurz öffnen, damit möglichst wenig warme Luft hineinströmt, die dann wieder heruntergekühlt werden muss. Und stelle keine heißen Speisen in den Kühlschrank, auch da muss er mehr arbeiten, um das Essen zu kühlen. Ein vereister Kühlschrank verbraucht mehr Energie, also taue ihn lieber gelegentlich ab. Den Stecker zu ziehen lohnt sich auch, wenn du länger unterwegs bist *(Tür offen stehen lassen, sonst schimmelt es)*. Verzichte auf einen Gefrierschrank, ein Gefrierfach reicht meistens aus. Stelle Kühlgeräte nicht zu kalt ein, 8 Grad im Kühlschrank und −18 Grad im Gefriergerät reichen aus. Auch Mikrowellen sind Stromfresser, für die es bessere Alternativen gibt. Essen lässt sich auch auf kleiner Flamme auf dem Herd aufwärmen. Eingefrorene Lebensmittel kann man auch an der Luft auftauen (dauert nur etwas länger). Oder lass gefrorene Lebensmittel im Kühlschrank auftauen, wenn du die Zeit dazu hast. Dann geben sie die Kälte an den Kühlschrank ab. Decke beim Kochen Töpfe und Pfannen mit einem Deckel ab, das spart Energie und verkürzt die Kochzeit. Auch Schnellkochtöpfe sparen Zeit und Energie. Wasser muss das Gemüse nur knapp bedecken. Heize Kochplatten nur zu Beginn auf, danach auf niedriger Stufe weiterkochen und vor Ende des Kochens ganz ausschalten, die Restwärme reicht noch aus. Im Backofen spart Umluft im Vergleich zu Ober- und Unterhitze bis zu 40 % der Stromkosten. Außerdem solltest du die Tür beim Backen zu lassen, bei jedem Öffnen entweicht sonst ein Drittel der Energie.

Anja Reumschüssel: Carlsen Klartext: Klima- und Umweltschutz. Hamburg: Carlsen Verlag 2020, S. 149f.

**132** „Aber warum sollte der seine Spuren in der Nähe des eigenen Lagers verwischen?" Jetzt schwiegen alle und sahen auf Alexander, der nun leise lächelte. „Ich muss schon sagen, Dareg, du hast ein scharfes Auge und einen genauso scharfen Verstand. Ich möchte dir einen Vorschlag machen, aber dafür lasst uns erst zurückreiten." [...]

Dieser Ausbilder, ein großer, breitschultriger Grieche mit einem dichten schwarzen Bart schrie einen Befehl und Darek lief los. Doch kaum hatte er die ersten Schritte in die Gasse hinein gemacht, schwangen die Krieger die Säcke gegen ihn. Dareg musste ihnen ausweichen oder sie mit dem Schild oder Schwert abwehren. Das erste Mal fiel Dareg gleich auf den Boden, denn ein schwerer, mit Erde gefüllter Sack sauste auf ihn zu und warf ihn einfach um. Mikail trat zu ihm und half ihm wieder auf die Beine. Dareg rieb sich die Ellenbogen und das Knie. „Wenn das dein Feind gewesen wäre, wärst du schon tot. Er hätte dich mit seinem Schild umgeworfen und dann mit seinem Speer getötet. Merk dir, niemals darfst du dich von einem Gegner zu Boden werfen lassen. Auf der Erde krauchen nur Schlangen und Würmer, aber keine Griechen. Also auf, probier's nochmal." Dareg gehorchte, den ganzen Vormittag über versuchte er, durch die Gasse zu gelangen, aber vergeblich. Irgendein schwerer Sack warf ihn immer zu Boden, bevor er das Ende des Weges erreicht hatte. Oder er stolperte über einen der Steine oder über an Riemen aufgehängte Äste, die besonders niedrig über dem Boden hingen. Die Sonne brannte heiß und Mikail reichte ihm einen Krug Wasser. Das war frisch und kühl. Darek schwitzte. „Hat es schon mal jemand geschafft?", wollte er wissen, als er lange getrunken hatte, und zeigte auf die Gasse mit den schaukelnden Säcken. „Jeder muss es üben," begann Mikail. Darek sah ihn an. „Sag, Mikail, hat es schon mal einer geschafft?" „Natürlich, ja." Er lächelte und strich sich über seinen Bart. „Aber noch nie ein Kundschafter." Darek verstand. „Ich werde es noch einmal probieren."

Roland Mueller: Der Kundschafter des Königs. Auf den Spuren Alexanders des Großen. München: cbj-Verlag 2005, S. 25; 38f.

**133** **Wenn wir so viel Schaden anrichten, warum tut denn kaum jemand etwas dagegen?**
Wir wissen zwar, da**ss** die Klimakrise ein Problem ist, verhalten uns aber nicht entsprechend. Die Aussicht, was mit uns pa**ss**ieren könnte, ist so unvorstellbar, da**ss** wir lieber etwas anderes tun, etwa eine witzige **Serie schauen**, **Computer spielen**, uns mit **Freunden treffen**. Und die leben ja schlie**ß**lich auch weiter wie bi**s**her, fahren **A**uto, fliegen in den **U**rlaub, essen **F**leisch aus Ma**ss**entierhaltung. Warum solltest du auf etwas **v**erzichten? Richtig? Psychologinnen nennen dieses Phänomen Intentions-Verhaltens-Lücke [...]. Wir wissen, was getan werden mu**ss**, verhalten uns aber nicht so, weil andere sich auch nicht so verhalten. Und wir wollen ja gerne wie die anderen sein. Dieses Phänomen lä**ss**t sich aber auch für den **Umweltschutz** nutzen. [...] Wenn du nicht mehr fliegst, kein Fastfood und kein Fleisch mehr i**ss**t *(oder zumindest weniger von all dem)*, dann fällt da**s** irgendwann auch deinen Freunden auf. [...] Aber wenn sie irgendwann *(manchmal dauert das etwas)* kapieren, worum es geht, machen sie mit.
[...]

**Wie Staaten zusammenarbeiten**
Am 17. Juli 1912 erschien in einer Zeitung im Südwesten Australiens eine winzige Randnotiz. Zwischen der Ankündigung, da**ss** auf dem Marktplatz eine Maschine zum **Seilhüpfen** aufgebaut wurde [...] bringt die Braidwood Dispatch diese **k**leine **M**eldung: „Die Feuerungsanlagen der Welt verbrennen [...] Kohle [...]. Wenn sie verbrannt wird und mit Sauerstoff reagiert, werden jährlich **s**ieben **M**illiarden Tonnen $CO_2$ [...] ausgestoßen. Dies scheint [...] die Temperatur zu erhöhen."
Anja Reumschüssel: Carlsen Klartext: Klima- und Umweltschutz. Hamburg: Carlsen Verlag 2020, S. 86f.

**134** Harry öffnete den Koffer und kramte unter seinen Sachen nach dem Tarnumhang. Doch bevor er ihn gefunden hatte, richtete er sich plötzlich auf und sah sich um. Ein komisches Prickeln im Nacken gab ihm das Gefühl, er würde beobachtet. Doch die Straße schien immer noch menschenleer und kein Fenster der großen, quadratischen Häuser war erleuchtet. Er beugte sich wieder über seinen Koffer, doch fast sofort stand er erneut auf, die Hand um den Zauberstab geklammert. Er ahnte es eher, als dass er es hörte: Jemand oder etwas stand hinter ihm, im schmalen Durchgang zwischen dem Zaun und einer Garage. Harry spähte in die Dunkelheit hinein. Wenn es sich nur bewegen würde, dann würde er sehen, ob es nur eine streunende Katze war – oder etwas anderes. „Lumos", murmelte Harry und an der Spitze seines Zauberstabs erschien ein Licht, das ihn fast blendete. Er hielt den Zauberstab hoch über den Kopf, und die grau verputzten Mauern von Nummer zwei glitzerten plötzlich; die Garagentür schimmerte und dazwischen sah Harry ganz deutlich die mächtigen Umrisse von etwas sehr Großem mit weit aufgerissenen, glühenden Augen. Harry wich zurück – er stieß mit dem Bein gegen seinen Koffer und stolperte. Der Zauberstab flog ihm aus der Hand, als er einen Arm ausstreckte, um den Sturz abzufangen, und er landete schmerzhaft im Rinnstein. Da ertönte ein ohrenbetäubender Knall und Harry riss die Hände vors Gesicht, um seine Augen vor dem jähen, blendenden Licht eines Scheinwerfers zu schützen Mit einem Schrei rollte er zurück auf den Gehweg, gerade noch rechtzeitig. Eine Sekunde später kam ein gigantisches Paar Reifen ebendort quietschend zum Stehen, wo Harry gerade gelegen hatte. Sie gehörten, wie er erkannte, als er den Kopf hob, zu einem grellvioletten Bus, einem Dreidecker, der aus dem Nichts aufgetaucht war. Goldene Lettern über der Windschutzscheibe verkündeten: Der Fahrende Ritter. Einen kurzen Moment lang fragte sich Harry, ob er nach seinem Sturz noch alle Tassen im Schrank hatte.
J. K. Rowling: Harry Potter und der Gefangene von Askaban. Hamburg : Carlsen Verlag GmbH 2017, S. 25

**135** *s-Schreibung*
**Ähnlich klingende Laute, Dehnung**
Groß-/Kleinschreibung
Zusammen-/Getrenntschreibung
Beistrichsetzung

**Tornado Alley**
Ein Teil der USA wird immer wieder von Tornados heimgesucht. Die schweren Wirbelstürme ziehen eine Schneise der Verwüstung, hauptsächlich durch den Mittleren Westen bis nach Texas und Florida, weshalb das Gebiet als „Tornado Alley" bezeichnet wird. Sie verwandeln dabei ganze Ortschaften in Schutthalden. Die gewaltigste Tornadoserie ereilte die Bundesst**aa**ten Kansas und Oklahoma. Am 3. Mai 1999 en**t**standen allein an einer Gewitterfront innerhalb weniger Stunden weit über 50 Tornados. Der heftigste hielt zwei Stunden an, war 1,6 Kilometer breit und mit 511 km/h der Tornado mit der höchsten *bisher gemessenen* Windgeschwindigkeit. 48 Menschen starben, 10.500 Gebäude wurden zerstört.
**Stürmischer** *Rüssel*
Tornados gehören zu den heftigsten Winden der Erde. Sie treten immer mit Gewittern auf und bilden sich dort, wo ein Tiefdruckgebiet auf sehr warme Luftmassen trifft. Durch den Temperaturunterschied baut sich eine kreisende Luftsäule auf, die von den Wolken bis runter auf den Boden reicht: der für Tornados typische Schlauch oder Rüssel.
Petra Bachmann: Die gefährlichsten Orte der Welt. München: arsEdition GmbH 2013, S. 36

**136** *s-Schreibung*
**Ähnlich klingende Laute, Dehnung**
Groß-/Kleinschreibung
Zusammen-/Getrenntschreibung
Beistrichsetzung

**Immer früher, immer öfter**
Normalerweise beginnt die Tornadosaison in den USA im April. 2012 zogen die verh**ee**renden Luftwirbel bereits Anfang März übers Land. Die Behörden mussten Tornadowarnungen für ein halbes Dutzend US-Bundesstaaten ausrufen, da eine ganze Armada von 80 Wirbelstürmen anrückte. Die „Finger Gottes", wie die Tornados von den Amerikanern auch genannt werden, **fe**gten Häuser und Fahrzeuge weg, viele Menschen wurden unter den Trümmern verschüttet, verletzt oder starben. Wetterforscher sagen voraus, dass mit der Klimaerwärmung die Tornadoserien in den USA immer früher auftreten und zunehmen werden.
**Nächtliches** Grauen
Nicht nur bei Tageslicht tritt die Sturmgewalt auf. Immer öfter verwüsten die seltenen Nacht-Tornados in den USA ganze Siedlungen. Sie tauchen ohne Vorwarnung auf, was aber auch daran liegt, *dass* sie im Dunkeln schwieriger auszumachen sind. Im April 2012 **zo**gen gleich mehrere dieser Tornados über die Kleinstadt Woodward im US-Bundesstaat Oklahoma hinweg. […]
**Fujita-Skala**
Um die Windstärke eines Tornados angeben zu können, wurde eine eigene Skala entwickelt. Sie ist nach Dr. Ted Fujita benannt, einem der bekanntesten Tornadoforscher in den USA, und reicht von F 0 bis F 5. Sie *erfasst* Windgeschwindigkeiten von unter 117 km/h bis über 419 km/h. Die höchste bisher gemessene Geschwindigkeit eines Tornados liegt bei 511 km/h.
Petra Bachmann: Die gefährlichsten Orte der Welt. München: arsEdition GmbH 2013, S. 36f.

**137**

1 Ich weiß, dass du gestern dabei warst.
2 Das ist gewiss, dass wir das machen müssen!
3 Was soll das? Lass das, bitte!
4 Sie erwies sich als gewissenhaft, fleißig und belastbar.
5 Mit wessen Roller rast du denn da den Rasen entlang?
6 Weiß die Kommissarin von dem gefassten Verdächtigen?
7 Meine Kusine rülpste und der Griesgram schnitt eine Grimasse.
8 Der Kuss beim Esstisch war unvergesslich nussig.
9 Es war heiß und der Schweiß floss, doch wir hatten Spaß am Floß.
10 Die Diskussion war endlos, aber trotzdem faszinierend.
11 Schau mal, eine süße Echse sonnt sich draußen.
12 Die Brennnesseln sprießen emsig und maßlos.
13 Mit dem Maßband messe ich, ob die Länge passt.
14 Der Aufprall war massiv, die Verunglückte war bewusstlos.
15 Das Ausmaß der massenhaften Masernerkrankungen wurde unterschätzt.
16 Bist du sicher, dass das dein Atlas ist?
17 Das Virus, das du meinst, das heißt Sars-CoV-2.
18 Sie hat Verständnis, dass wir die Frist verpasst haben.
19 Dass das ein Missverständnis gewesen sein muss, kann ich beweisen.
20 Mein Hund ist eine Bestie. ☺ Er hat fast alle Süßigkeiten zerbissen.
21 Der Krebs fasste meine Füße. – Das war gewiss gruselig!
22 Die Hornissen sind aggressiv und fies, das müssen wir büßen.
23 Magst du die Soße kosten, einen Schluck Wasser trinken oder einen Bissen von der Pasta?

**138**

1 Sie haben das endlose Endspiel endgültig verloren und sind enttäuscht.
2 Seit gestern versuche ich vergeblich, dich auszuforschen und zu erreichen.
3 Mit unendlichem Entsetzen sah sie die entfärbte Haut des Toten.
4 Aus der Ferne naht ein entsetzliches Gewitter! Entfernt euch vom Feldweg!
5 Beim Verhör versuchte das Team vergeblich, den verschmitzten Täter zu einer unvorsichtigen Aussage zu verleiten.
6 Dieses Formular ist unverständlich und entbehrt jeder Logik.
7 Nach dem Vorfall herrschten Totenstille und Entsetzen.
8 Seit wann seid ihr denn schon beim Endspiel?
9 Manpreet fing endlich eine kleine Forelle, aber war enttäuscht.
10 Vor dem Ferkel musst du doch nicht so eine Todesangst haben!
11 Schon seit Jahren fordert er vermehrte Forschung zu tödlichen Krankheiten.
12 Seit dem Biss in die Ferse weiß ich, dass Krebse seitwärts krabbeln.
13 Seit dem Vorfall bist du entsprechend vorausschauend und vorsichtig.
14 Die Entzündung heilt enttäuschend langsam, zum Glück ist sie nicht tödlich.
15 Ich lachte mich in dem vorzüglichen Versteck fast tot, keiner entdeckte mich.
16 Kannst du bitte am Vormittag endlich das Handy entsperren lassen?
17 Totenblasse Untote beißen, aber sie töten nie endgültig. ☺
18 Elena ist todunglücklich, enttäuscht und todsicher, dass ihr beide schuld seid.
19 Geh hier entlang, die Entfernung bis zur Endstation ist nicht groß.
20 Der Entwurf der Forscherin verschlug letztendlich allen die Sprache.
21 Endlich kann ich das entstandene Missverständnis endgültig beseitigen.
22 Der vorzügliche Endspurt war vermutlich der schnellste seit Jahren.

23 Das Endergebnis entsprach endlich den Anforderungen auf dem Formular.
24 Seit dem tödlichen Unfall versucht er, den Vorfall endgültig zu verdrängen.
25 Auf dem Totenschein vermerkt der Arzt die vermutliche Todesursache.

**139**

1 Hurra, der Schaden am Regal ist nur minimal.
2 Wir werden nach dem Nachtmahl im Saal zum Denkmal fahren.
3 Wir suchten mehrmals, aber das Bargeld war wohl gestohlen worden.
4 Am Badesee tranken manche Kaffee, ich aß Erdbeereis.
5 Die Erbsen aus den Beeten können wir bald verzehren.
6 Der Lehrer ermahnt seine Kollegen wegen der leeren Säle.
7 Ich habe mir nicht wesentlich wehgetan, mir wurde kaum ein Haar gekrümmt.
8 Mira will sich keine Brezel mehr nehmen, sie wehrt die Einladung ab.
9 Es ist also wahr, der Schulwart hat die Warntafel versehentlich umgemäht.
10 Ist hier noch irgendwo Schlagobers für die Beerensoße?
11 Das große Tor am Hafen löste sich und verlor den Halt. Es fiel auf das Boot.
12 Dieses Shampoo finde ich eklig und doof, es riecht nach Moor.
13 Den Stoß in den Pool nahm er mit Humor.
14 Hast du Gusto auf Gemüsegulasch oder auf Gugelhupf?
15 Wir fuhren durch den Nieselregen mühsam bis zum Turnierplatz.
16 Oh, diese karierte Schürze finde ich ziemlich lieb!
17 Der Vampir fliegt mit grimmiger Miene der Biene davon.
18 Beim Spaziergang fraß die niedliche Ziege gierig den Klee.
19 Die Lehrerin informiert uns, dass es eine Wiederholung geben wird.
20 Die Kritik ihres Rivalen findet Elli widersinnig.
21 Das Uhrband hat Kira mit viel Liebe schön verziert.
22 Sei nicht so widerspenstig, Chico, und bring den Ball wieder!
23 Sein Motto: Nicht kritisieren und widerwillig reagieren, aber besser machen!
24 Der Forscher experimentiert mit dem Virus und informiert uns mehrmals täglich.

**140**

1 Beim Üben ist das genaue Schauen und Konzentrieren am wichtigsten.
2 Dein schnelles Eingreifen hat heute für alle das Schlimmste verhindert.
3 Ich gehe jetzt schwimmen, beim Schwimmen kann ich am besten entspannen.
4 Das satte Gelb des neuen Schirms leuchtet auch im Dunkeln.
5 Der Film ist für Alt und Jung geeignet. Auch die jüngeren Kinder mögen ihn.
6 Wir warten seit langem/Langem darauf, etwas Besonderes zum Lesen zu finden.
7 Lina und ich gehen durch dick und dünn, wir kennen uns von klein auf.
8 Das Grün deines Rades sieht soll aus. Doch Mias gelbes Rad gefällt mir am besten.
9 Im Großen und Ganzen bin ich abends meistens mit dem Tag zufrieden.
10 Nur gestern Abend wollte ich nicht ans Morgen denken: Ich hatte Angst.
11 Wo machst du abends immer so? – Also heute werde ich baden und nach dem Lernen noch lesen.
12 Tiere leben ganz im Hier und Jetzt und kennen kein Gestern und kein Morgen.
13 Mirka ist jetzt schlecht gelaunt, sie ist heute zum Abwaschen dran.
14 Von Montagmorgen bis Dienstagabend tobte ein heftiger Sturm.
15 Immer am Mittwoch ist Training und freitags gehe ich singen und spazieren.
16 Wir alle wollen, dass jede und jeder zum Wandern mitkommen kann.

Bitte umblättern!

17 Meine Katze ist etwas Besonderes und ich mag sie am liebsten von allen.
18 Wie viele Hundert/hundert Seiten hast du wohl beim Zugfahren schon gelesen?
19 Zum tausendsten Mal! Zum Rausgehen sind die gelben Stiefel, nicht die roten.
20 Nicht für jede und jeden war das Wandern toll, aber die meisten mochten es.
21 Lieber Timo, kannst du mir heute beim Aufräumen und Putzen helfen?
22 Wo bleibst du denn? Ich habe schon Dutzende/dutzende Male geklingelt!
23 Liebe Eltern, bitte geben Sie Ihren Kindern die Sachen fürs Schwimmen mit.
24 Wir brauchen zum Backen einen Viertelliter/viertel Liter Milch zum Verdünnen.
25 Das ist noch nicht das Ärgste! Am ärgsten fand ich das Tanzen und Singen.
26 Wie sie tanzten und sangen, das war sicher nicht am besten von allen.
27 Aber die Besten von vielen zu sein, das ist nicht immer am schönsten.

**141**

1 Wir wollten **baden gehen**, damit ich **schwimmen üben** konnte.
2 Beim **Schwimmenüben** ist mein Armband **verloren gegangen**.
3 Dieses Jahr wird in unserer Klasse niemand **sitzenbleiben/sitzen bleiben**, keiner wird **verloren gehen**, denn alle haben **fleißig gelernt**.
4 Die Geiseln wurden **gefangen genommen** und in einem Versteck **festgehalten**, erst nach Stunden wurden sie **laufen gelassen/laufengelassen**.
5 Beim **Laufenlassen** Ihrer Tiere bitte die Wiese **sauber halten**.
6 Zum **Geschirrabwaschen** nach dem **Essenkochen** hatte niemand von uns Lust.
7 Lass uns **Kickboard fahren** und dann **schwimmen gehen**.
8 Ich muss leider schon **heimfahren**, auch wenn mir das **leidtut**.
9 Er liebt das **Radfahren**, genießt aber auch die Ruhe beim **Zeitunglesen**.
10 Diese Werbung will bewusst **irreführen**. Sie hat schon viele Leute in die **Irre geführt**.
11 Das Fest wird am Sonntag **stattfinden**, aber alle müssen wegen der Viren **Abstand halten**.
12 Du hast das Geheimnis **preisgegeben**, weil du den Fragen nicht **standgehalten** hast.
13 Bist du beim **Schlafwandeln** schon einmal **Rad gefahren**?
14 Beim **Referathalten** soll man möglichst **frei sprechen**.
15 Du brauchst dir keine **Sorgen zu machen** und sollst nicht **schwarzmalen**, auch wenn es dir **schwerfällt**.
16 Lass es dir **gutgehen**, auch wenn du **Diät hältst** und nur leicht **verdauliche/leichtverdauliche** Speisen zu dir nimmst.
17 Nur mit den Krücken kann er **gut gehen** und am Fest **teilnehmen**.
18 Es gab Stau und alles **stand kopf**, weil der öffentliche Verkehr **lahmgelegt** war.
19 Ihre Hobbys sind das **Eislaufen**, das **Tennisspielen** und das **Lesen**.
20 Dem Einspruch vor Gericht wurde **stattgegeben** und der Verurteilte wurde **freigesprochen**.
21 Deine **bitterböse** Nachricht hat ihn **ordentlich wütend** gemacht.
22 Sie redete in einer **schwer verständlichen/schwerverständlichen** Sprache.
23 Können Sie mir bitte diesen Betrag auf mein Kundenkonto **gutschreiben**?
24 Ich möchte an der Verlosung **teilnehmen**.

**142**

1 Für den Strudel brauchst du noch Äpfel, Rosinen, Brösel, Zimt, Zucker und Obers.
2 Danke für deinen lieben Brief, Marianne, er hat mich sehr gefreut!
3 Das fand sie weder interessant noch witzig, aber es war wichtig.
4 Das hast du nicht einfach gut, sondern ganz hervorragend gemacht, Kalim!
5 Autsch, dass du mir auf die Zehen treten sollst, das habe ich aber nicht gesagt!

**6** Die Adresse ist Lennergasse 2, Stiege 2, 3. Stock, Tür 12.
**7** Ich habe sowohl heute als auch morgen Zeit, aber am Mittwoch kann ich nicht.
**8** Weil es gestern so heiß war, mussten wir die Blumen gießen.
**9** Dr. Yildiz, unser Hausarzt, ist bis nächste Woche auf Urlaub.
**10** Die Übungen, die ich gestern gemacht habe, kann ich schon sehr gut.
**11** „He, Svetlana!", rief ihre Freundin. „Komm doch mit, wir gehen schwimmen!"
**12** Der Wandersmann zog aus, um den verwunschenen Schatz zu finden.
**13** Brr, es ist kalt, trotzdem muss der Hund raus, ob ich will oder nicht.
**14** „Ich bitte dich", rief Elmar laut, das kann doch nicht dein Ernst sein!"
**15** Wir glaubten, dass wir das Match gewinnen könnten, daher waren wir motiviert.
**16** Dass du mitmachen willst, obwohl du krank bist, das kann ich gut verstehen.
**17** Um mitmachen zu können, musst du erst gesund werden, dann sehen wir weiter.
**18** Während wir schliefen, baute unser Hamster ein kuscheliges Nest.
**19** Was, das hast du nicht gesagt, obwohl du Bescheid wusstest?
**20** „Das ist ja", stotterte sie empört, „das ist ja kaum zu glauben!"
**21** Während ich übte, kaufte meine Schwester Stifte, Papier und Klebstoff für uns.
**22** Wir waren mit dem Basteln erst fertig, als es schon dunkel war.
**23** Dieses Kuscheltier, es ist uralt, liebe ich noch immer, obwohl es hässlich aussieht.
**24** Der Film, den wir gemeinsam sahen, beschäftigte uns noch lange.
**25** Elena, komm hier rüber, denn dort drüben ist es zu schattig.

1. Auflage (2021) – Entspricht der Rechtschreibreform 2006.

Auf umweltfreundlichem Papier gedruckt bei: siehe https://produkt.veritas.at/45709#additional
Autorin: Doris Schützeneder
Lektorat: Katrin Elsigan, Klaus Kopinitsch
Bildredaktion: Raffaela Schuster
Umschlaggestaltung und Layout: Kathrin Schager
Herstellung: Sandra Reinhardt
Illustrationen: Sven Aring, Paderborn
Satz: Breiner & Breiner, Maria Theresia / Sollenau
Umschlagfoto: stock.adobe.com / Dima



ISBN 978-3-7101-3773-0

Für weitere Informationen steht Ihnen gerne Ihre VERITAS-Kundenberatung zur Verfügung.
Rufen Sie einfach an, schicken Sie ein Fax oder ein E-Mail!
Tel. +43 732 776451 2280, Fax: +43 732 776451 2239
E-Mail: kundenberatung@veritas.at
Besuchen Sie uns auf unserer Website www.veritas.at

# DURCH STARTEN

# DEUTSCH

## RECHTSCHREIUNG ÜBEN

Lösungen

3

VERITAS

Gemeinsam besser lernen

**Liebe Eltern!**

Dieses Lernhilfebuch umfasst **alle wichtigen Lerninhalte zur Rechtschreibung in der 3. Klasse in Deutsch**. Damit ist Durchstarten **die ideale Lernhilfe während des Schuljahres zum Thema Rechtschreibung**. Egal, welches Rechtschreibthema in der Schule gerade besprochen wird, Durchstarten bietet dazu **verständliche Erklärungen, umfangreiche Übungen** in drei Schwierigkeitsgraden. Sie müssen sich nicht mehr überlegen, wo Sie passende Übungen für Ihr Kind herbekommen oder wie Sie das Thema Ihrem Kind noch einmal verständlich erklären können – Durchstarten erledigt das für Sie!

**Damit entlastet Sie Durchstarten und verhilft Ihnen zu einem entspannten Familienleben ohne Schul- und Notenstress.**

**Wie das Üben** mit dem Buch **funktioniert**, lesen Sie bitte auf der **inneren Umschlagseite** 2 nach.

**Wo** Sie das jeweils passende **Übungsthema** finden, steht vorne im **Inhaltsverzeichnis**.

**Wenn** Ihr Kind die **Mittelschule** besucht, wird es in Deutsch im **Leistungsniveau „Standard"** oder **„Standard AHS"** unterrichtet. Die Übungen mit einem ✱ oder zwei ✱✱ entsprechen dem Leistungsniveau „Standard", die Übungen mit drei ✱✱✱ dem Leistungsniveau „Standard AHS". So kann Ihr Kind **je nach** seinem **Leistungsniveau optimal trainieren und** sich **verbessern**.

**Unsere Leitlinien**

- Diese Durchstarten-Lernhilfe wurde **von erfahrenen PädagogInnen / LehrerInnen entwickelt**.
- Wir orientieren uns an den **aktuellen Anforderungen des österreichischen Lehrplans**.
- Diese Lernhilfe kann **unabhängig vom jeweils verwendeten Schulbuch** eingesetzt werden.
- Bei der Produktentwicklung haben wir den Fokus auf die Anforderungen und **Wünsche von Ihnen und Ihrem Kind** gelegt.
- Digitale Inhalte und Funktionen werden nur dort eingesetzt, wo sie das **Lernen sinnvoll unterstützen**.

**Immer am neuesten Stand**
Auf www.durchstarten.at/aktuell informieren wir Sie gratis über inhaltliche Neuerungen/Ergänzungen zum Buch.

Wir wünschen Ihnen und Ihrem Kind ein erfolgreiches Schuljahr in der 3. Klasse!

**Ihr Durchstartenteam**